毕亮 著

如看草花：讀汪曾祺

浙江古籍出版社

图书在版编目(CIP)数据

如看草花：读汪曾祺 / 毕亮著. — 杭州：浙江古籍出版社，2021.3

（蠹鱼文丛）

ISBN 978-7-5540-1979-5

Ⅰ.①如… Ⅱ.①毕… Ⅲ.①汪曾祺（1920-1997）—文学研究 Ⅳ.①I206.7

中国版本图书馆CIP数据核字（2021）第026457号

如看草花：读汪曾祺

毕 亮 著

出版发行 浙江古籍出版社

（杭州市体育场路347号 邮编：310006）

网 址 https://zjgj.zjcbcm.com

责任编辑 郑雅来

文字编辑 孙科镂

整体装帧 吴思璐

责任校对 吴颖胤

责任印务 楼浩凯

照 排 浙江时代出版服务有限公司

印 刷 绍兴市越生彩印有限公司

开 本 787 mm × 1092 mm 1/32

印 张 7 插 页 6

字 数 120千字

版 次 2021年3月第1版

印 次 2021年3月第1次印刷

书 号 ISBN 978-7-5540-1979-5

定 价 36.00元

汪曾祺（1920—1997）

汪曾祺夫妇与老友朱德熙（中）

汪曾祺与他的忘年交苏北

汪曾祺笔下与伊犁有关的画作之一（1992 年）

汪曾祺笔下与伊犁有关的画作之二（1996 年）

1982 年，汪曾祺在新疆伊犁尼勒克县

1982 年，汪曾祺在伊犁察布查尔锡伯自治县和文学爱好者合影

汪曾祺《天山行色》中写到的果子沟，毕亮到此一游

目录

第三辑 新沏清茶饭后烟

第一辑　汪曾祺的朋友圈

铁凝：汪老让我们相信生活，相信爱

1997年5月8日凌晨，汪曾祺开始写《铁凝印象》，这是应《时代文学》“名家侧影”栏目主持何振邦之约而写的。此前，这个栏目已经介绍过汪曾祺、林斤澜等人，栏目第四期拟定的人选是铁凝。早上九点多，何振邦在家接到了汪曾祺的电话：“文章写好了！你过来拿！”三天后，5月11日晚，汪曾祺食道出血，被送进医院直至生命终止。《铁凝印象》成了汪曾祺的绝笔。据约稿者何振邦说，汪曾祺夜里四点多起床开始写，至八点多写完，一气呵成两千多字，三百字的稿纸共写了八页。

《铁凝印象》除发表于《时代文学》1997年第四期外，《北京晚报》1997年6月16日也专门作了发表，并配了一段编者按：“5月16日，著名作家汪曾祺先生不幸去世。此篇是汪先生生前留下的最后一篇文章，是汪先生五十多年创作生涯戛然而止的句号。我们特此刊出，以示怀念。”这段按语，是出自责任编辑赵李红之手。赵李红上世纪 80 年代末在供职《北京文学》时，就和汪曾祺时有联系。

就在《北京晚报》发表《铁凝印象》的同一天，铁凝写下了《汪老教我正确写字》。这一天，距汪曾祺去世正好一月整。铁凝的《汪老教我正确写字》，后经赵李红之手刊登在 8 月 15 日的《北京晚报》上，这是“作为汪老逝世三个月纪念”，也是铁凝专门写汪曾祺的第一篇文章。2017 年，为纪念汪曾祺逝世二十周年，赵李红写了一篇《汪曾祺绝笔及其他》发表在 5 月 11 日的《北京晚报》上，随文章一起还专门配发了发表《铁凝印象》《汪老教我正确写字》的《北京晚报》版面照片。

铁凝的《汪老教我正确写字》，是赵李红向铁凝约来的：“5 月 28 日，汪老遗体告别仪式在八宝山举办。当我含着眼泪从告别厅出来，在长长的告别队列中见到从石家庄赶来、手捧菊花的铁凝老师。我把三个月前在汪老家中看到的情形告诉她，同时恳请她给《北京晚报》写篇悼念汪老的文章。她当即答应。”6 月 18 日，赵李红收到铁凝寄自石家庄的稿件，“满满的 7 页稿纸”。同时，还有一封 6 月 16 日写给赵李红的信，“在信中，铁凝老师告诉我：‘刚才，张锲先生打长途来说，看见今日《北京晚报》上汪老的文章，很感动。我告诉他是你编的。’”

《汪老教我正确写字》虽不长，但在诸多怀念汪曾祺的文章中，绝对让人看了就难忘。1984 年他们初次见面，铁凝就感觉汪老的“目光是温和的，又是犀利的，正如同他对于人类和生活的一些看法”；在文章中，铁凝通过回忆和汪曾祺的交往，写出了她心目中的汪老：“一个连马铃薯都不忍心敷衍的作家，对生活该有怎样的耐心和爱。”

汪曾祺对铁凝的关注由来已久。早在 1989 年，汪曾祺就曾参加过铁凝长篇小说的研讨会，并在会上发言。这就是铁凝在文章中提到的《玫瑰门》讨论会，时在 1989 年 2 月 22 日。研讨会由河北省文联、《文艺报》及作家出版社联合举办，地点是在北京文联大楼；多年后铁凝有文章如此回忆：“在这个会上，他对《玫瑰门》谈了许多真实而细致的意见，没有应付，也不是无端地说好。”

那么，汪曾祺在会上到底说了什么从而让铁凝“不能用感激两个字来回报这些意见”呢？宫立在《汪曾祺评说〈玫瑰门〉》一文中对此有所梳理，并引用了 1989 年 3 月 15 日《文论报》上由谭湘根据不完全会议记录整理但未经与会者审阅的《长篇小说〈玫瑰门〉研讨会发言纪要》中汪曾祺的发言：

> 铁凝这部小说把我看懵了。看到四分之三处我还不甚明白，小说的新尝试、新探索是有冒险性的，这种小说我

写不出来，小说的主题写的是人，人就是这样的，女人就是这样的，生活就是这样的。小说没对任何人进行判断，无所谓真诚、虚伪、善良、丑恶，这种对生活绝对冷静的态度很难得。司绮纹的形象比较丰满、复杂，“文革”中，她的整个行为动机就是挤入革命队伍，这也是“文革”所以形成后来局面的原因。苏眉比较单一，竹西是个真实、健壮的女人。小说的结构特别，让人想起废名的小说。有些语言思维让人怀疑是否用汉语思维，名词当形容词，形容词当动词用等。而英语“玫瑰”有光明、充满希望之意，“门”则是通道。

总之，铁凝应当承认写了一部小说，有些人写了等于没写。

1992年，汪曾祺夫妇应《长城》杂志邀请前往河北，这使得铁凝“能在两三天的时间同汪老夫妇在一起。那是非常愉快的几天”。也是在这次铁凝在给汪曾祺送的签名书上，“铁的金字旁写得太潦草了”，使铁凝意识到“你敷衍了你笔下的字，或许就有可能敷衍你的日子，敷衍你整个人生”。

其实，在写《铁凝印象》的前几年，即1993年3月1日，汪曾祺就写过一篇《推荐〈孕妇和牛〉》。《孕妇和牛》的作者就是铁凝。汪曾祺用“糯”来形容铁凝的这篇作品，在汪曾祺看来，铁凝的作品“细腻、柔软而有弹性”，铁凝还“能做到‘人所难言，我易言之’”。文章的最后，汪曾祺写道：“我很喜欢这篇小说。”“这篇小说‘俊得少有’。”基于汪曾祺对铁凝本人及作品的了解，当何振邦开口约稿时，他便一口答应了。即便如此，汪曾祺仍旧下了很大的功夫来写这篇文章。1997 年 2 月，赵李红和同事去汪先生家拜年，“见汪老和铁凝的合影，还摞着不少铁凝的书。汪老说正准备写写铁凝”。可见，《铁凝印象》酝酿了很长时间，这在汪老的文章中也可以看出来。

铁凝专门写汪曾祺的文章，除了《汪老教我正确写字》外，还有《孤独温暖的旅程》《人间送小温——怀念汪曾祺先生》《相信生活，相信爱》等作品。如此集中地写一位心中的文学前辈，这在目前所见的铁凝作品中，是不多见的，甚至是绝无仅有的。

2007 年 5 月 18 日，为纪念汪老逝世 10 周年，北京市作协、北京文学杂志社、鲁迅博物馆、高邮市委市政府在北京组织了一个纪念座谈会。时为中国作家协会主席的铁凝参加了座谈会，并发表了题为《人间送小温——怀念汪曾祺先生》的讲话，说是讲话，其实是一篇非常好的文章。铁凝以一个作家的身份回顾了和汪老的交往：“多年来，汪曾祺先生对我本人的创作有过很多直接的指导，我也一直从内心视他为师。”“汪老是我自己在文学道路上的一位恩师、一位厚道的长者。”当时，陈其昌也参加了这个纪念座谈会，在会前，他给铁凝送上带去的

《你好，汪曾祺》等书刊。当时的情景，被陈其昌写在了《铁凝和汪曾祺》中："会上，铁凝开始翻阅我们送去的书刊，我轻轻地转到她身后，请这位从不肯为媒体题词的作家题词。她问，题什么呢？我说，随你！我回到座位上静候，一会儿，她示意我过去。她的题词是：永远怀念汪曾祺老 / 铁凝 / 二〇〇七.五.十八。"

对汪老的为人和为文，铁凝也都有自己的认识和评价。在她看来，"汪曾祺先生是当代中国知识分子的楷模，他的道德风范，他的学识人品，他的充满艺术魅力的作品，都堪称我们的导师和典范"。铁凝读汪曾祺小说，感觉他作品最突出的特点就是"他始终以追求文学的美为创作的目标"。她经常就被汪曾祺"幽默机智的谈吐，乐观爽朗的人生态度，贯通古今的学养，奖掖后人的热情"感染着，也常有"与君一席话，胜读十年书"的体验。

铁凝在和同事走访在京的老作家时，也会常想起汪曾祺，"要是汪老还在世该多好，我又可以走到他的面前，和他聊天，听他富有感染力的教诲。路过蒲黄榆的时候，这种想法就更强烈"。这就是汪曾祺的魅力。

《相信生活，相信爱》文后有落款，颇值得注意："2010年正月十一，写在汪曾祺先生诞辰90周年时。"在这篇文章中，铁凝说汪先生总会让她“想到母语无与伦比的优美和劲道”，而汪曾祺用“小说、散文、戏剧、书画为人间创造的温暖、爱意、良知和诚心”也始终都伴随着我们。也是通过这篇文章，让我们知道 2009 年 5 月 17 日，在汪曾祺先生忌日的第二天，铁凝曾专程去福田公墓为汪先生献花。

张秋红（王安忆在《去汪老家串门》一文中提到过她，时任高邮市委宣传部部长）在《一汪情深门庭暖》中介绍过《相信生活，相信爱》的写作背景：

> 2010 年正月十五，是汪老诞辰 90 周年。我们专程去省作协，请范小青主席帮我们约请中国作协铁凝主席，原来说好来的，可到时又没来成，确实有些遗憾。但铁凝主席用她的深情为活动寄来了她的文章《相信生活，相信爱》。

张秋红提到的活动，指的是江苏省作家协会、高邮市委、市政府在高邮联合举办的“纪念汪曾祺先生诞辰 90 周年系列活动”。虽然铁凝当时未能成行，但高邮一直是她心中的牵挂，几个月后就有了突然而至的高邮之行。张秋红对此行也有较详细的记录：

> 当年的 5 月份，铁凝主席到扬州参加朱自清文学奖颁奖活动，一结束就赶到高邮，因突然到访，我们接待时，

还真有点手忙脚乱，特别是北头街上，出摊经营的多，车子过傅公桥就无法前行了，只好下车徒步前往汪老故居。我们一个劲地解释，可铁凝主席始终笑盈盈地安慰我们："没关系，生活本来就是这样。这种环境是人的生活气息浓的表现呀。"听铁凝主席这么一说，很温暖，忐忑的心放下了许多。走到竺家巷巷头，烧饼摊上正好一锅烧饼出炉，铁凝主席兴致勃勃地走上前，询问价格，买了个当场咬一口吃起来："香喷喷的，好吃，汪老的作品里有。"边吃边往前走，好平易近人哟。走到故居门口，铁凝主席看到了汪老的弟弟汪海珊，眼眶突然湿润起来："像，真像，看到你，仿佛见到了汪老。"铁凝主席一个劲地说，那场面着实让人感动。走进故居家门，铁凝主席坐在金先生的客厅里，近观汪老的书画作品，与汪老的弟弟、妹婿唠家常，谈与汪老的交流交往的人与事，仿佛忘记了时间，到了天黑才依依不舍地离开。

汪曾祺对年轻人的关爱真是方方面面的，给他们写序、写评论，给他们写字、画画、题写书名……甚至他还曾当"红娘"，想给一个"名气很大的女作家"找一个爱人。在《老头儿汪曾祺：我们眼中的父亲》一书中，女儿汪明还记下了汪曾祺很惋惜的自言自语："这么聪明漂亮的一个女孩儿，真该有个好男人好好爱她。"

“能够靠纯粹的文学本身而获得无数读者长久怀念的作家真正是幸福的。”铁凝说的就是汪曾祺。如今汪先生的作品，越来越受欢迎，尤其是受年轻作者的欢迎，或许正如铁凝所言的那样：“当我们今天思念这位老人时，是他那优美的人格魅力打动着我们。一个民族，一座城市，是不能没有如汪老这样的一些让我们亲敬交加的人呼吸其中的。即使他不再写作，他的存在亦能使人间的悲悯、爱意、良知和诚心变得真实可信。”

正因此，也就不难理解铁凝何以一而再地撰文怀念汪先生。因为汪先生让我们相信生活，相信爱。

2018 年 9 月 27—29 日晚

1988年11月4日，汪曾祺写了一篇短文《贾平凹其人》。这篇文章，不知什么原因未收入1998年出版的《汪曾祺全集》中，但在网络上却流传甚广。汪先生这篇不足千字的小文，谈的多是贾平凹的第一本长篇小说《浮躁》，但开篇的第一句就为全文定下了基调——“贾平凹是当代中国作家里的奇才”。

贾平凹在创作之初就深受沈从文的影响。出版于1987年的长篇小说《浮躁》就有《边城》很深的影子，贾平凹自己也曾坦言沈从文对他的影响。在看《浮躁》时，我常认为这是一部贾平凹向沈从文致敬的作品。如果从这方面说，贾平凹可否算是汪曾祺的小师弟呢？

《浮躁》后来获得了1988年美国第八届美孚飞马文学奖，汪曾祺是这个文学奖的评委之一。“作为‘飞马奖’的评委，我觉得我们选了一本好书，也选了一个好人，我很高兴。”汪曾祺在《贾平凹其人》

中如是写道。由此可见，汪曾祺对贾平凹很看重，看重的表现有：汪曾祺参加美国爱荷华大学国际写作计划回来后，就想推荐贾平凹也去参加。

源于汪曾祺和贾平凹的情谊，2000年，高邮准备建汪曾祺文学馆时，就曾和贾平凹有过联系。贾平凹回信表示支持，信中有言："知高邮办汪曾祺文学馆，真是高兴！汪曾祺是个应该建庙立碑的人物。汪老在生前，我与他有过数次交往，现在每一回想，音容宛在，如是昨天的事。为表示对汪先生的敬重和怀念，我写了一张字，望接纳。"这幅字的内容是：文章圣手。

六年后，贾平凹终于有了高邮之行。活动安排在高邮的赞化中学，这是汪曾祺的母校，校园里当时挂着一张大幅的贾平凹与汪曾祺的合影。参加过这场活动的张秋红在《一汪情深门庭暖》中对贾氏此行有简单的记录：

> 与贾先生一道而来的，还有作家曹文轩、王干等。一进赞化中学大门，迎面教学楼上悬挂着一幅巨大的标语：汪曾祺母校欢迎贾平凹先生。贾先生一下车，神情立即凝重起来，连忙说："这里是汪老的故乡，汪老的母校，汪老在天上看着我呢，我不能随便说话。"整个活动期间，贾先生谨言慎行，而且还不断穿插描述汪老与之交往的生动事例，告诉文学爱好者们写作是要用心的，要贴着人物

生活去写。结束时，特别留墨：“到高邮想汪老山高水长。”

网上有一篇根据贾平凹高邮之行讲话录音整理而成的《在高邮谈汪曾祺》，将此文和张秋红的文章对照，正可互补。讲话时，贾平凹就从他和汪曾祺的合影开始谈起，“马上想起和汪老的几次接触”。他们第一次接触是在1982年，“和汪老见识，汪老才出现在中华文坛上，他到陕西去，和刘心武、孔捷生、林斤澜他们一起。那时我还不是文联主席，没有权力可以动用公款请客，是私人在家里邀请汪老他们，那个时候，在家吃饭的时候，拿了一瓶酒，很快喝完了。当时记得刘心武问我还有没有酒，说是汪老能喝酒哩。那次后来又拿了一瓶喝了。汪老能喝酒，也是那次知道的”。

他们第二次见面是五年后的1987年，地点是在广西，“第二次和汪老长时间待了一段时间”。

那一年，汪曾祺有广西之行，并写下了《广西杂诗》等作品。散文《从桂林山水说到电视连续剧〈红楼梦〉》第一句就是：“应首届漓江旅游文学笔会之邀去了一趟桂林。”这个文学笔会的组织者之一就是当时供职于漓江出版社的彭匈。因为漓江出版社正策划出版《汪曾祺自选集》，同时出版的还有《贾平凹散文自选集》，所以这次旅游文学笔会，贾平凹也去了。彭匈当时邀请贾平凹，就是打着汪曾祺的旗号："在给贾平凹的信中，我什么也没说，只说汪曾祺老先生将欣然应允赴会。""平凹果然也很快回信，说'如无别的杂事，一定去的'。"

关于这次笔会，后来彭匈在几篇文章中都提到过，其中《平凹和我互相道谢》中写道："六月的桂林，绿肥红瘦，江水盈盈。我们第一次谋面，却是一见如故。平凹敦厚寡言，一口陕西土话，我只能听懂百分之六十左右，我说，能不能往普通话上'靠一靠'？平凹笑笑摇摇头，看样子是'非不为也，是不能也'。于是，汪先生便不时插进来充当'翻译'。"

这次广西之行，贾平凹写了《在桂林》和《灵渠》等文章。1991 年，他还在一首诗中专门记叙了此行。也是在诗中，贾平凹称汪曾祺为"文狐"，由此"文狐"的称号广为人知：

平生懒出门，西南第一行。
不慕高堂显，一识汪与彭。
汪是一文狐，修炼成老精。
彭在双瞳目，炯然识大鸿。
桂林七日短，南宁非长程。
说文桄榔下，啖荔叙缘情。
红土多赤日，晒我脸如铜。
身无彩翼飞，心有一灵犀。

人生何其瞬，长久知音情。
愿得沾狐气，林中共营生。
一编散文卷，鸟知树包容。

广西之行十年后，贾平凹在给彭匈的《向往和谐》写序时说："这两本书是国内新时期文学最早的作家自选集，没想书出版后，一版再版又再版，竟出现在个体书摊上，这也是纯文学作品第一次进入书摊的开始。"

《贾平凹散文自选集》的初印销量如何，不是很清楚。但《汪曾祺自选集》的销量绝对不算好，甚至很差；首印比征订数要多：平装本 2000 册，精装本 450 册。而据彭匈在《声气相投一段缘——一个编辑、一位作家和一本书的故事》中说：

> 《汪曾祺自选集》的征订数的确很惨，我不忍告诉汪先生，只是说表示有信心在再版时赚回来，以暗示这个悲凉的信息。汪老说，他在浙江文艺出版社出了一本《晚翠文谈》，只印了 2700 册，出版社为此赔了钱，他心里很感不安。他还说，漓江怕赔不了这个钱，早知不出也罢。

即便如此，这本 40 万字的《汪曾祺自选集》还是于 1987 年 8 月出版了（版权页上写的是 10 月）。10 月初，汪曾祺收到了税后稿酬 3500 元。有趣的是，及至 1991 年再版，事情竟真的出现了转机。彭匈在文章中也有统计：当时再版，平装印了 6000 册，精装印了 2050 册；汪曾祺还专门写了《重印后记》。之后，1992 年印了第三版，1993 年一年重印了两次，“到 1996 年 8 月，已是第 7 次印刷了，累计印数为 37000 册，连地摊都有卖”。三十年过去，如今汪、贾的这两本自选集，在孔夫子旧书网上的售价都不低。

除了漓江出版社这次策划外，汪老生前，和贾平凹还有过一回“同套书”之缘。这就是长江文艺出版社出版的“中国当代才子书”，汪曾祺和贾平凹也都位列其中。

本就是书画名家的贾平凹，对汪老书画十分喜爱，甚至不惜“掠夺”汪先生赠给穆涛的画作。

穆涛还在石家庄时，曾陪汪先生和老伴施松卿在石家庄待了几天，穆涛陪汪老喝酒，照顾他的日常起居。有一天晚上，汪老一高兴，便给穆涛写字画画，写的是“午夜涛声壮”，画的是“一只鸟站在一个枯枝上”。后来，穆涛到西安的美文杂志社工作，将汪老的这幅画挂在办公室墙上，墙的另一边是主编贾平凹的办公室。如穆涛所言，“事就曲折了”：

> 平凹主编说这画挂在了他的墙上，又说做事不能偏颇，要平衡，墙另一边也要挂几天。我见他存了掠夺心，就约

法挂七天，七天后一清早我就去做了完璧的工作。平凹主编记忆力好，一年后，他帮我解决了生活中一个难题，我问他怎么感谢呀，他笑着说汪曾祺的画呀。我那只生动的鸟就这么飞走了。但他也慷慨，给我回画了一只上山虎，至今还在我的办公室。

汪曾祺和贾平凹还一起合作过一幅作品。作品是在漓江旅游文学笔会期间完成的。当时，东道主彭匈分别问汪曾祺、贾平凹对南宁的什么印象最深，汪曾祺答说是桄榔树，而贾平凹印象最深的是老友面。然后，汪曾祺给彭匈画了一幅桄榔树，贾平凹接过笔来，在画的空白处题了款。这幅汪曾祺、贾平凹合作完成的作品，成了彭匈至爱之作。

其实，老友面也给汪曾祺留下了很深的印象。汪曾祺在1990年写《五味》时，还不忘老友面：

> 我和贾平凹在南宁，不爱吃招待所的饭，到外面瞎吃。平凹一进门，就叫："老友面！""老友面"者，酸笋肉丝氽汤下面也，不知道为什么叫做"老友"。

这一面之缘，直至汪曾祺逝世二十年后的2017年还未中断。这一年，贾平凹在给汪曾祺、汪朗父子《活着，就要有点滋味儿》一书写推荐语时再次提及："汪老与我的'一老一少'缘，结于'食'，就像汪老所记我俩吃的'老友面'，有滋有味，如在昨天。"

此时距离汪曾祺写《贾平凹其人》也已过去了三十年。当时贾平凹"三十七岁，写了三十八本书。短篇、中篇、长篇都写。散文自成一格。间或也写诗。他的书摞在地下，可以超过他的膝盖"。如今，贾平凹著作何止等身。据贾平凹自述，他和汪曾祺最后一次见面是在1996年12月中国文联第六次全国代表大会、中国作协第五次全国代表大会上。十年后在高邮，贾平凹说：

> 作为作家，汪老他享有极高的声誉，我们和汪老又谈得来，我们这一块特别敬重他。这一类作家生前不一定很红火，他们不一定得了很多奖，不一定做什么官，偏偏是只有这一类作品很长久。汪老的创作是这样的，我想汪老的作品一定会留在世上。

贾平凹在给彭匈的《向往和谐》写序，最后提到了汪曾祺：

> 手稿还堆在案头，未来得及给彭匈去信，却听见汪曾祺老先生在北京病逝的消息，真是如雷轰顶，闷了半日。彭匈夹在手稿的信中还提到他去北京见汪老的事，说汪极关心他这本书，答应为其题写书名的。当年南游，三人同行，

如今一人出书，一人却长逝，万般感慨，不禁又想起共坐红豆树下的情景了。

看这篇序的写作日期“1997 年 5 月 23 日”，那时，汪曾祺去世刚一周。后来读到王干的《夜读汪曾祺》一书，在第 132 页见一幅彭匈、汪曾祺、贾平凹的合影，那时他们都很有精神。彭匈在发表《千山响杜鹃——怀念汪曾祺先生》时，在文章中也配了一幅汪曾祺、贾平凹、彭匈等人的合影，汪先生和贾平凹身高差不多，站在一起，贾平凹那么年轻，才三十出头；汪先生也还未见老态。一转眼，贾平凹也到了当年汪曾祺同他一起吃小吃时的年纪了。

2018 年 9 月 25 日、26 日

汪曾祺和王安忆

最近看王安忆的长篇新作《考工记》时，不知为什么常会想起汪曾祺。王安忆早在 1987 年就写过一篇《汪老讲故事》的文章，莫非就因为此？不仅因为此。

近五千字的《汪老讲故事》，是一个小说家在分析另一个小说家，从小说结构、故事、语言……一路展开。我在看王安忆有些作品时，也会出现王安忆读汪曾祺的那种感觉：

> 汪曾祺老的小说，可说是顶顶容易读的了。总是最最平凡的字眼，组成最最平凡的句子，说一件最最平凡的事情。轻轻松松带了读者走一条最最平坦顺利简直的道路，将人一径引入，人们立定了才发现：原来是这里。

从王安忆分析汪曾祺作品来看，她是很懂汪曾祺的，在她看来，汪曾祺是“洞察秋毫便装了糊涂，风云激荡过后回复了平静，他已是世故到了天真的地步”。她在谈陆文夫、王蒙、莫言的时候，顺口就会拿他们和汪曾祺做比较。说明王安忆是常想到汪曾祺的，汪曾祺给她的印象也是很深的。在王安忆看来，汪曾祺“是比较民间”的，常“把最复杂的事物写得明白如话”。

王安忆从小就跟着保姆在家，保姆是扬州人，所以她“从小学会的不是普通话，不是上海话，是扬州话”。而汪曾祺是扬州高邮人。所以，王安忆读汪曾祺，尤其是汪曾祺写高邮的作品，其中的方言味儿肯定让王安忆倍感亲切。在多年后的一个谈话中，王安忆提及这个扬州保姆：“我的那个保姆，她是扬州的乡下人，她却带给我一种地方色彩，就是扬州的风气，很浓烈的风气。”

汪曾祺的许多作品，不就有着很浓烈的高邮风气么？这个保姆，在王安忆家待过很多年，带王安忆，带王安忆弟弟，带王安忆姐姐的孩子……王安忆在看汪曾祺带有浓郁高邮风气的作品时，会不会想到这个带她长大的保姆呢？汪曾祺小说里的一些人物的性格或形象，也许王安忆小时候就曾听她的保姆聊天时讲起过。

汪曾祺的作品，王安忆基本都看过，所以分析起汪曾祺的作品，尤其是小说，句句都说在点子上。她谈汪曾祺的小说结构，“汪曾祺貌似漫不经意，其实是很讲究以结构本身叙事的，不过却是不动声色，平易近人”；她也谈汪曾祺的小说语言，“汪曾祺讲故事的语言也颇为老实，他几乎从不概括，而尽是详详细细、认认真真地叙述过程，而且是很日常的过程”，“汪曾祺可将作者们不大看得起的字用得出神入化，这与他将字放在什么样的句子里，句子又放在什么样的段落里，段落再放在什么样的体裁里，大有关联”；当然，她也很注意汪曾祺讲过的故事，“汪曾祺老用最平凡的材料说一个不那么平凡甚至还相当要紧的故事，可谓大道不动干戈。真是大智若愚了”。王安忆的这些分析，直白且一针见血，或许会让许多理论家汗颜。

十多年前，王安忆和张新颖有过几次谈话，并结集出版作《谈话录》，其中就汪曾祺专门谈了一节。谈话一开始，王安忆提到了汪曾祺给过她的三次教诲：第一次是上世纪80年代初，他们一起领奖时，汪曾祺让王安忆要学习好的语言，一定要学习北方话；第二次是1987年在香港，汪曾祺提出“短篇最好，短篇就是把你必要说的话说出来，长篇是把你不必要说的话说出来”的看法；第三次也是上世纪80年代，在金山国际会议上，汪曾祺听到王安忆发言稿里用了“聒噪”，便问王安忆“聒噪”的由来，追根溯源到了傅雷翻译的《约翰·克利斯朵夫》。

《谈话录》出版于2008年，也是在这一年10月，王安忆和她爱人跑到高邮汪曾祺故居串门去了，回来后她写了一篇《去汪老家串门》，记录串门的过程。关于这次串门，时任高邮市委宣传部部长的张秋红在《一汪情深门庭暖》中也有比较详细的记录：

> 2008年10月，作家王安忆夫妇也走进了高邮。不过他们是自由行，事先我们并不知道。但缘分就是这么巧，那天我正好在镇国寺接待上海《解放日报》的一行新闻界人士。在大殿里，上海的记者嘟囔了一句："刚才在山门见到的好像是王安忆。""怎么可能？她来会与我们联系的。""好像不错哎。"于是我立即返回寻找，没找着，于是大家又都猜测可能是看错人了。哪知道，傍晚时分接到了汪老妹婿金家渝先生电话："王安忆来了，你们见一下吧。"果真是王安忆，见面寒暄后，我说了下午的经历。王安忆说："错过了，又来了，缘分。"关于这个细节，王安忆在她的随笔《去汪老家串门》里有描述。王安忆对高邮印象很好，她说原本打算在高邮逗留一天，但高邮的风土人情吸引人，花一元钱在"王氏纪念馆"里听说书，还免费提供茶水，感觉真是好。坐三轮车去汪老故居，三轮车夫一直送到故居门口，仿佛到自己的亲戚家，正如汪老作品中的人物，这座城有人情味，有温度。

王安忆有一篇小说《雨，沙沙沙》，算是她写作成人小说的开始，许多年后朱伟在《重读八十年代》一书中写王安忆，一开头就是“王安忆第一篇给我印象深刻的小说是《雨，沙沙沙》，发表在1980年《北京文艺》上”。朱伟当时是《人民文学》的编辑，曾经负责编辑过汪曾祺《故里三陈》等作品。他看到这篇作品后，马上就写信找王安忆约稿，王安忆寄去了《庸常之辈》。《雨，沙沙沙》不仅给朱伟留下了很深的印象，同样给汪曾祺的印象也很深。1992年3月，汪曾祺给上海作家姚育明寄去了“一张大信封”，里面有两张画，一张是给姚育明的，一张是请她转给王安忆的。在和张新颖的谈话中，王安忆提到过这幅画：“他就画了一窝小鸟，好像上面还有雨，就躲在树叶底下。”画的名字就叫《雨，沙沙沙》。

有一次，汪曾祺给王安忆寄一本书，却将签给他人的书错寄给了她。据王安忆回忆，汪曾祺随即就给她写了封信，“给我说你把你的书寄给某某人，第三人会把那本书再寄给你”——原来，三本书都寄错了。王安忆在和张新颖聊起这些时，汪先生已经走了十年。

汪曾祺去世时，王安忆打了个唁电到汪先生的单位，内容中有“天上人间共此仙”。王安忆大概搞错了汪曾祺的单位是北京京剧院而不是中国京剧院，最终这封电报没有发到汪曾祺的家属手中。王安忆收到退回的电报时，忍不住感叹：“可是我觉得哪个京剧院都应该知道这个人啊……”

2018年11月4日晚

汪曾祺和黄永玉

读汪朗、汪明、汪朝的《老头儿汪曾祺：我们眼中的父亲》（**中国青年出版社，2016年8月第1版**），其中《京沪之间的落魄才子》一节中不可避免地提到了黄永玉。在提到黄永玉的长篇文章《太阳下的风景》后紧接着说：“不过，黄永玉先生没有指明爸爸的名字，因为两个人后来的关系出现了一些变故。”话说得语焉不详，到底什么变故，也未做任何说明。汪朝曾在文章中说：“由于爸在‘文革’运动中很少跟以前的朋友们来往，也让人家产生了一些看法。觉得他站到了高枝上，不认老朋友了。”

是不是因为这个呢？

我以前没太注意汪曾祺和黄永玉的关系。只知道汪曾祺新中国成立后出的第一本小说集《羊舍的夜晚》，封面和插图都是请黄永玉刻的木刻，“当时他们常常来往”。后来发生了什么呢？这不禁激起了我的好奇。

在看《老头儿汪曾祺》时，也在重看《汪曾祺全集》，其中收有汪曾祺致朱德熙的信数封，某年（约 1977 年）9 月 7 日的信中提到黄永玉，说："听吴祖光说黄永玉被选为毛主席纪念堂工地的特等劳动模范（主席雕像后面衬的那张《祖国大地》是他画的），此公近年来可谓哀乐过人矣。"

此段在信中是独立一段，结合信中前文，感觉还是比较突兀。当初读时，还觉得有些奇怪。再结合"两个人后来的关系出现了一些变故"，对两人的关系就更好奇了。

汪曾祺结识黄永玉，是在上海期间，时间是 1947 年 7 月 14 日。他们应该是沈从文在信中牵线搭桥认识的。在他们见面后的第二天，即 1947 年 7 月 15 日，汪曾祺给沈从文写了一份长信，提到黄永玉的地方很多："昨天黄永玉（我们初次见面）来，发了许多牢骚。我劝他还是自己寂寞一点做点事，不要太跟他们接近。""黄永玉是个小天才，看样子即比他的那些小朋友们高出很多。"诸如此类。

李辉的《高山流水，远近之间》，是至今为止对汪曾祺、黄永玉交往最详细的论述。1947 年下半年至 1948 年上半年的上海，汪曾祺、黄永玉再加上黄裳，三人在上海"兴致勃勃地评说天下，臧否人物"，"1948 年三人各奔东西，无拘无束的交往只有一年左右时间"。黄裳的《故人书简·记汪曾祺》《也说汪曾祺》《跋永玉书一通》等文章对他们这近一年的上海生活有非常温暖而珍贵的记录。

后来，黄永玉在《黄裳浅识》中叙述了三人在上海的经历，文章中有几次提到汪曾祺。李辉说这是黄永玉“少见的直接写到汪曾祺”。李辉看过《黄裳浅识》后，期盼黄永玉也写写汪曾祺，黄永玉“不假思索，即摇头”。黄永玉给出的解释是“他在我的心里的分量太重，无法下笔”。听了“含蓄而委婉”的回答，李辉也忍不住有疑问：“为什么他不专门写一写汪曾祺呢？两人之间后来到底发生了什么？让人困惑且遗憾。”

更让李辉意外且为之遗憾的是“两人在‘文革’结束后居然基本上中断往来”。要知道，上世纪50年代后，因为汪曾祺和黄永玉一同生活在北京的关系，黄永玉在与黄裳通信时还经常通报汪曾祺的消息。李辉在《高山流水，远近之间》中摘录了信中一些有关汪曾祺的内容，其中上世纪70年代后期黄永玉给黄裳的信中提到汪曾祺，大可玩味：

> 汪兄这十六七年我见得不多，但实在是想念他。真是“你想念他，他不想念你，也是枉然”。他的确是富于文采的，但一个人要有点想想朋友的念头也归于修身范畴，是我这些年的心得，也颇不易。

“你想念他，他不想念你，也是枉然”，这让李辉不解和困惑。有这种困惑的还有远在上海的黄裳。黄裳在《也说汪曾祺》中也忍不住表达了这种遗憾：

> 我写过一篇《跋永玉书一通》，深以他俩交往浸疏为憾，是可惜两个聪明脑壳失去碰撞机会，未能随时产生“火花”而言。是不是曾祺入了“样板团”、上了天安门，形格势禁，才产生了变化，不得而知。曾祺的孩子汪朗虽有所解说，但那是新时期的后话了。

徐强《人间送小温——汪曾祺年谱》一书也很注意汪曾祺和黄永玉的关系，在1961年的“在沙岭子、沽源期间”条目中，徐强还专门提了一句：“他和黄永玉的交往还是颇多。黄永玉回忆，汪曾祺给黄永玉来信颇多，并要黄永玉代买画材。”

黄永玉在2008年12月17日与李辉的谈话中提到，上世纪50年代，汪曾祺为帮助他理解齐白石，专门写了文章《一窝蜂》，这篇文章“只给我看的，没有发表过，稿子应该还在”。“文革”后汪曾祺找过黄永玉两次。“我对他很隔膜，两个人谈话也言不由衷。他还送来一卷用粗麻纸写的诗，应该还在家里。”谈话中黄永玉如是说。

在谈这些之前，黄永玉跟李辉提到一件事，可能也是汪、黄远近之间的一个因由：汪曾祺上了天安门观礼台后，黄永玉的孩子们想去看汪曾祺参与编剧的《沙家浜》，就去找汪曾祺。"孩子们本来兴冲冲去的，总在外面说：'我们汪伯伯是写《沙家浜》的。'我觉得，当你熟悉的人这么渴求的时候，是可以关心一下这些孩子的。"从黄永玉带有怨气之言可以看出，当时汪曾祺应该是没有"关心一下这些孩子的"。再结合汪朝之言，大概确实"让人家产生了一些看法。觉得他站到了高枝上，不认老朋友了"。

汪曾祺家中曾挂过一幅黄永玉的木刻，而且挂了很多年。他晚年应该是经常会想到黄永玉的，还拿黄永玉设计的酒鬼酒招待来客。在怀念沈从文的《星斗其文，赤子其人》中也不忘提黄永玉一下："湘西有少数民族血统的人大都有一股蛮劲、狠劲，做什么都要做出一个名堂。黄永玉就是这样的人。"有时，在和人谈天时，还会提到黄永玉。曾和汪曾祺有较多交往的作家乌人（宋志强）在《汪曾祺与书画》中就有这方面的记录：

> 说到黄永玉，我问汪先生："您家里怎么没有黄永玉的画？"汪先生说："没有！我其实很想要一幅他的画。但我不好意思向他张口。"我问为什么，汪先生说："黄永玉的画现在值钱了。每幅画，拿到国外都能卖一万块钱。我和人家要一幅，不就是要人家一万块钱嘛？"

《老头儿汪曾祺》一书，提到黄永玉也不在少数。虽然关于两人之间的变故书中语焉不详，但一次在和苏北酒后聊天中，汪朗道出了缘由。苏北深知汪朗之言的史料价值，便写在了文章《击倒读者的文字》中，现照录如下：

> 前年四五月间，我到北京出差，几个朋友相约，到福州会馆汪先生生前的家里坐了坐，屋里所有的摆设、布置仍一如生前。书桌台几依然旧貌。一副几十年的老式沙发还在那个位置放着。沙发的上方，原来挂的是一副木刻像，别人见了都说是高尔基，其实是鲁迅，那便是黄永玉早期的作品。其间同汪朗（我们的兄长、汪先生的儿子）聊到黄永玉先生，汪朗斜躺在沙发上（酒后微醺），说："一直很好，后来不知怎么的，有点什么。好像是'文革'时，有一次黄永玉病了，打电话过来让老爷子去看看，老爷子本想去的，后来被我妈拦住：'他都那样了，你自身倒也难保。'"汪朗用手捂着嘴乐："老爷子一辈子听我妈，家里的事都是我妈做主。老爷子后来没去，可能就有点意见。"汪朗说："记得我结婚时老爷子倒打过一个电话，告诉汪朗结婚了。黄永玉说，汪朗结婚我给他画幅画吧，让汪朗过来取。"汪朗说："后来也没去。老爷子还嘀咕：'我儿子结婚，你给画画，不送过来，还让我儿子去取。'"汪朗又捂着嘴乐，一副可爱的样子。汪朗说："老头子也

是很傲的。”过一会儿汪朗又说：“那时候黄永玉的画已很值钱了，也不好意思去拿。”汪朗斜靠在沙发上，午后的太阳打在左半边脸上，也斜拉出一块不规则的亮斑。过一会儿汪朗又说:“黄永玉倒是真心的,要去拿,也就拿了。”

这一段的大意，苏北在《忆·读汪曾祺》一书中也有所提及。我也是最近看苏北此书，才知有一篇《击倒读者的文字》，赶紧找来一看究竟。《击倒读者的文字》发表在2008年第1期《大家》杂志上，后来《散文（海外版）》2008年第4期作了转载。苏北曾将这一期《散文（海外版）》寄给了在上海的黄裳，至此黄裳才对汪曾祺和黄永玉的疏远缘由有了一定的了解。就此，2008年8月6日黄裳还专门给苏北去过一信。黄裳《也说汪曾祺》中“曾祺的孩子汪朗虽有所解说”之语，是否就是指苏北《击倒读者的文字》中所记汪朗之言呢？

“他死了，这样的懂画的朋友也没有了。和他太熟了，熟到连他死了我都没有悲哀。”这是黄永玉在谈话时对李辉说的。李辉在《高山流水，远近之间》里笔录了和黄永玉的这份谈话（这份谈话记录中，黄永玉有三处直接提汪曾祺，余者多以“他”来指代）。汪曾祺去世时，黄永玉在佛罗伦萨，当听到女儿说“汪伯伯去世了”后，他“嗬嗬”了两声，说：“汪曾祺居然也死了。”“我真的没有心理准备他走得这么早，总觉得还有机会见面。他走时还不到 80 岁呀！要是他还活着，我的万荷堂不会是今天的样子，我的画也不会是后来的样子。”黄永玉这样感慨地回忆道。

还好在汪曾祺去世前几个月的 1996 年冬天，他们见过最后一面。

1996 年冬天，黄永玉旅居香港七年后首次回京，热心人召集了两次聚会欢迎黄永玉归来，“其中一次，由黄永玉开列名单，请来了许多新老朋友，其中包括汪曾祺”。那天，李辉正好与汪曾祺同桌，比较详细地记下了当时的情景。

> 汪曾祺的脸色看上去比不久前显得更黑，想是酒多伤肝的缘故。每次聚会，他最喜欢白酒，酒过三巡，神聊兴致愈加浓厚。豪夫门则只有啤酒，故那天他喝得不多，兴致似也不太高，参加聚会的多是美术界人士，汪曾祺偶尔站起来与人寒暄几句，大多时间则是安静地坐在那里。那一天的主角自然是黄永玉，他忙着与所有人握手、拥抱。走到汪曾祺面前，两人也只是寒暄几句，那种场合，他们来不及叙旧，更无从深谈。

其时，汪曾祺正身陷《沙家浜》著作权的官司之中，报纸上也炒得比较厉害，远在香港的黄永玉不会没有耳闻。几十年的老朋友久未相见，不知他们拥抱了没有？如果想叙旧，想深谈，肯定是来得及的。当时他们寒暄了什么呢？在和李辉的谈话中，黄永玉也有说道："1996 年我回到北京，有一个大聚会，把老朋友都请来了。我也请了汪曾祺。他来了，我问他：'听说你又在画画了？'他说：'我画什么画？'这是我们讲的最后一句话。"

几个月后的 1997 年 5 月 16 日，汪曾祺去世。"同年 8 月，黄永玉在北京通州的万荷堂修建完工，他从香港重又回到北京定居。"这一年，他们相识整五十年。

2018 年 9 月 14 日下午写完。本月前十三天在驻村

汪曾祺谈沈从文

1997年4月3日凌晨，睡中的汪曾祺梦见了他的老师沈从文，“醒来看表，四点二十”。汪曾祺随后记下了这个梦——《梦见沈从文先生》。文中说：“在梦里我没有想到他自己死了。我觉得他依然温和执着，一如既往。”文后的落款日期是“一九九七年四月三日清晨”。此时，距他在西南联大上沈先生的课已经过去了近六十年；距他第一次看《沈从文小说选》已经过去了六十年。

在汪曾祺的梦里，沈先生“还是那样，瘦瘦的，穿一件灰色的长衫，走路很快，匆匆忙忙的，挟着一摞书，神情温和而执着”。汪曾祺还梦见沈先生重新拿起了写小说的笔，只是沈先生“多时不写小说，笔有点僵了，不那么灵活了”，新写的小说“还可再稍稍增饰发挥”，于是当年的“得意门生”“就拿起笔来添改了一下”。昔日的学生如今改起了老师的作品，这也印证了1941年2月沈从文在写给施蛰存的信中所言“新作家联大方面出了不少，很有几个好的。有个汪曾祺，将来必有大成就”。沈从文甚至给汪曾祺的习作打120分，还常把汪曾祺的习作推荐到报刊发表。汪曾祺也曾与人言：“我在1946年前写的作品，几乎全都是沈先生寄出去的。”

《梦见沈从文先生》后来发表在1997年5月28日的《文汇报》上。发表时，作者汪曾祺的名字上加了黑框，汪曾祺已于当年5月16日去世了。

将这个梦和汪曾祺写于1988年的《沈从文转业之谜》放一起看，让人顿生感慨。因为汪曾祺的特殊身份，这篇《沈从文转业之谜》历来受到文学史家的重视，汪曾祺对沈从文从文学写作改行文物研究原因的解说应当说是客观的。当然也有不认同者。有郭沫若研究者在《谣言与真相——纪念与重新认识郭沫若》中将“郭的批评导致沈从文中途折戟，从文坛消失”当作谣言之一，就此展开辨析，并认为郭沫若的《斥反动文艺》对沈从文“没影响”。而汪曾祺却认为是“对沈先生致命的一击”。不知汪先生如在世，看到《谣言与真相》一文，可会撰文应对?

汪曾祺受沈从文的影响实在太深了，深得在谈及自己的经历或作自我总结时，都绕不开。譬如创作《两栖杂述》《自报家门》时，他就用了大把笔墨来写沈从文对他的影响。

他细致地分析沈从文的《边城》《萧萧》，不厌其烦地为香港中学生讲解沈从文的《边城》《牛》《丈夫》《贵生》；他追忆沈从文在西南联大以及之后的往事；他感叹“沈从文的寂寞”和命途多舛；他为沈从文愤愤不平，他用文章在为沈从文的文学成就正名。他在写给一个中年作家的信中提到沈从文被不同年龄段的人所忘记：“现在三十岁的年轻人多不知道沈从文这个名字”，四五十岁的人中像“你这样不声不响地读着沈从文小说的人很少了”，而六十岁的人“有些是读过他的作品并且受过影响的，但是多年来他们全都保持沉默，无一例外”。在给金介甫的《沈从文传》写序时，汪曾祺就说沈先生“是一个受到极不公平的待遇的作家”。正如评论家李建军所言，汪曾祺的一系列文章都在“为自己的老师争取文学上的公正评价和一席之地”。

温和的汪曾祺对此不再温和。我们现在翻看《汪曾祺全集》，里面专门谈沈从文的竟有《沈从文和他的〈边城〉》《沈从文的寂寞》《沈从文先生在西南联大》《一个爱国的作家》《星斗其文，赤子其人》《沈从文转业之谜》《〈沈从文传〉序》《读〈萧萧〉》《又读〈边城〉》《美——生命——〈沈从文谈人生〉代序》《中学生文学精读〈沈从文〉》《梦见沈从文先生》《与友人谈沈从文》等十余篇。众人沉默，而汪曾祺不能允许自己一同沉默。

汪曾祺注意到，沈从文的小说往往是用季节的颜色、声音来计算时间的；沈先生还对气味情有独钟。他从沈从文身上学到的，不仅仅是“要贴到人物来写”。汪曾祺还跟着沈从文学会了用语言，学会了“语言的唯一标准是准确”。汪曾祺认为，“准确”就是要去找、去选择、去比较。汪曾祺还发现，沈先生的语言受魏晋文章影响较大。

和他的老师沈从文一样，汪曾祺的小说也“有好些是没有什么故事的”。追寻汪曾祺的散文化小说，其师承是有迹可循的。汪曾祺说：“沈从文画少女，主要是画她的神情，并把她安置在一个颜色美丽的背景上，一些动人的声音中。”这简直也是在说他自己。

汪曾祺认为《边城》像一套二十一开的册页，每一节都自成首尾，而又一气贯注，是一首将近七万字的长诗。有女人以前没怎么看过沈从文的作品，看了《边城》后问：“沈从文是个男的，他怎么能把女孩子的心捉摸得那么透，把一些细微曲折的地方都写出来了，这些东西我们都是有过的。”汪曾祺只好答说：“曹雪芹也是个男的。”汪曾祺答得真好。因为他也同样“能把女孩子的心捉摸得那么透”，比如《大淖记事》里的巧云，再比如《受戒》里的小英子。而在小英子身上，我们仿佛看见了沈从文小说中三三、翠翠等少女的影子。《受戒》文后留有写作日期：1980 年 8 月 12 日。而在此之前，汪曾祺一直在帮着整理、出版沈从文小说集，并于 1980 年 5 月 20 日写下了《沈从文和他的〈边城〉》。汪朗在《老头儿汪曾祺》中也说，当时汪曾祺在为老师沈从文小说集的出版做一些事，为此又一次比较集中、系统地读了沈先生的小说，其中的人物，特别是三三、天天、翠翠这些农村少女，成为推动他产生小英子这样一个形象的一种很潜在的因素。可以说，《受戒》的写作是受到《边城》很大影响的。这种影响，汪曾祺是“后来才意识到的”，他在《关于〈受戒〉》中也有交代：“我曾问过自己：这篇小说像什么？我觉得，有点像《边城》。”

汪曾祺觉得沈先生是一个热情的爱国主义者，一个不老的抒情诗人，一个顽强的不知疲倦的语言文字的工艺大师。汪曾祺毕竟是懂他老师的。作为沈先生的“得意门生”，他是称职的，是优秀的，是值得沈先生骄傲的。

作为汪曾祺的老师和伯乐，沈从文虽没有专门谈汪曾祺的文章，但在和友人谈话、信件中提及甚多，学者张新颖专门做了辑录，并写了一篇《沈从文谈汪曾祺》。同时，他在专著《沈从文的前半生：1902—1948》《沈从文的后半生：1948—1988》中对沈从文和汪曾祺也多有论述。汪曾祺谈沈从文的一系列文章自然成了张新颖写有关沈从文的这两本书的重要资料来源。

2018 年 9 月 7 日、8 日下午写于中苑

金实秋：情有独钟，唯汪曾祺

最近看了一篇金实秋写汪曾祺的文章，辨析汪曾祺、施松卿结婚的具体时间。原来他在一些关于汪曾祺的文章、专著以及图片说明中发现提到汪曾祺结婚的时间都不一定，甚至同一本书，记述的时间也会前后不同，他觉得有必要弄清楚。这篇文章之所以引起我的重视，是因为金先生文中提到的文章、专著、图说我基本也都看过，但却没注意汪先生结婚时间的不一致。金先生之文，是对我囫囵吞枣式阅读的一记警醒。

看完这篇文章，我便连带地把金先生的著作《补说汪曾祺》找出来看。书是 2013 年初出版的，书中最早的一篇是写于 1985 年的《汪曾祺的书画艺术》，文章原载于 1985 年 11 月 20 日的《扬州市报》。文虽不长，却值得留意。在当年，即便汪先生在圈内“画名”渐盛，众人的目光也还大多投注在他的小说、散文上，作为评论家的金实秋在评论汪先生小说之余，将目光旁落到汪曾祺的书画艺术上，实属难得。

金实秋应该一直很留意汪曾祺的书画。在《汪曾祺的书画艺术》之后，时隔二十六年，他又写了长文《才子性情诗人本色——读汪曾祺画跋札记》。一直以来，我也很关注汪曾祺的题画文字，在看过他的书画集《四时佳兴》等书后，还写过这方面的文章。不过要是早看到金实秋此文，我大概是不会，也不敢滥竽充数的。在看汪曾祺书画时，我有“忍不住都想把汪曾祺的题画辑在一起，自编个小册子赏读，也是一种‘自得其乐’”的想法。哪知道，金实秋早就有这样的建议了：“我觉得汪曾祺的画跋自有它的价值在，建议出一本小册子以传世，并收入新版的《汪曾祺文集》中，这是可以做到的，也是应当做到的，因为画跋也是汪曾祺的作品，同他的小说、散文一样，是汪曾祺生命的一部分。”

我最初注意汪曾祺的书画，就是从他的两幅关于伊犁的画开始的。当时，从山东画报出版社出版的《汪曾祺：文与画》上看到汪曾祺分别创作于1992年和1996年以伊犁草木为内容的画后，就开始留意他的书画，尽可能地找来看。金实秋在文章中也提到了这两幅画，据金实秋说，其中1996年画的那幅，汪曾祺不止画过一幅。不知可有机会看到其他的几幅。

金实秋对楹联很有兴趣，用业余时间编了一本《古今戏曲楹联荟萃》，他想到了请汪曾祺写序，并在 1985 年、1986 年就此专门通过五封信。在《令我难忘的汪老五封信》中披露了这些《汪曾祺全集》所未载的信函，让我们看到了一个对家乡青年关爱有加的汪曾祺。此外，书中写于 1996 年的《近访汪曾祺》也值得留意，让我们看到了日常生活中的汪曾祺，鲜活的形象如在眼前。这篇文章发表在 1996 年第 5 期《珠湖》上，这份家乡办的杂志，汪先生想必是可以看到的。

另一篇写于 2002 年的《琐忆汪老》，同样具有重要的史料价值。金实秋在文章中详述了他和汪先生交往，并专门提到了汪先生 1981 年首次回乡时作的三场报告。之所以说“专门”，是金实秋想澄清一个事实：“正如不少文章所说的那样，三场报告会都是人坐得满满的，气氛相当不错。汪老事先做了准备，讲得也很卖力，然而效果并不理想。因为那时的学生对文化品位较高的小说、散文知之不多，对汪老的作品能读懂者甚少。”故而讲一些趣事、轶事时，效果还不错，等到讲“层次较高的语言的美、语言的韵律、节奏及相关的创作思想问题”时，“学生们大多听不进去，笔记记着记着就停下来了，就连有的老师也提不起精神”。这样的情况，在“高邮人写的回忆文章中，不知何因对此却始终讳言之”。

和金实秋一样，陆建华当时也参加了这三场报告会。手边恰巧有陆先生的《汪曾祺的春夏秋冬》，便拿出来比较着阅读。陆建华在书中对汪曾祺 1981 年回乡有专章记录，这三场报告会更是作为专门的一节，进行了逐一详细的记述，其中有师生参与的是 10 月 12 日下午在高邮师范的一场和 10 月 13 日下午在高邮县中学的一场。在高邮师范的报告会上，陆建华写道："听汪曾祺讲语言，一点也不吃力。初听似乎平常得很，细一琢磨，就觉得回味无穷，真正令人耳目一新。学生们拚命地往笔记本上记，生怕漏掉一个字。"高邮县中学是汪曾祺读初中的地方，报告会上"汪曾祺以校友身份回顾了过去，介绍了自己漫长的学习、创作经历，语重心长地勉励中学生们在中学阶段，打好扎实基础……"记录这一场报告会时，陆建华未提汪曾祺是否讲了有关语言的内容。结合陆建华对三场报告会的描写，金实秋所言"效果并不理想"的报告会想来是 10 月 12 日下午在高邮师范的那一场了。《汪曾祺的春夏秋冬》出版于 2005 年，陆建华应该是看过《琐忆汪老》的；而且《补说汪曾祺》一书，金实秋原来拟名为《关于汪曾祺》，"询之陆建华先生，他以为欠妥"，"遂易今名"。

在搜集汪曾祺诗联上，金实秋用功甚勤，成果也很可观，先后出版过了两本书。他在看汪曾祺作品时，发现"汪曾祺的小说喜欢和擅长用对联渲染和烘托环境与人"。经金实秋这么一说，再来看汪先生作品，还真是那么回事。早期的作品《老鲁》中就有三副对联，其他散落在小说、散文中的对联也还有不少。金实秋经过查阅大量资料，收集辑录了汪曾祺的联作竟有三十二副，要知道，《汪曾祺全集》中才收了不过十副。在2009年编著出版《汪曾祺诗联品读》后，金实秋依旧埋头故纸堆里“上穷碧落下黄泉，动手动脚找东西”，并常有新发现。收入《补说汪曾祺》中的《汪曾祺诗联辑佚补录》一文就将2012年底前新发现的汪先生诗五首、联七副公之于众，以供汪曾祺爱好者共同欣赏。之后，他在搜集汪曾祺诗联上，仍未止步，又于2016年出版了《汪曾祺诗词选评》。

汪曾祺自上世纪70年代末打算撰写京剧剧本《汉武帝》，到后来想试试创作长篇小说《汉武帝》，但终究未写出来，也成了邵燕祥说的“跟鲁迅计议要写的《唐明皇》一起成为文学史上的遗憾了”。金实秋和汪先生曾谈过两次《汉武帝》，他又结合汪老的作品以及汪老子女处获得的资料，在《文学史上的遗憾——汪曾祺与〈汉武帝〉之始末》中细致地梳理了汪曾祺与《汉武帝》二十年的纠葛，分析了“文学史上的遗憾”的形成原因和过程，文章写得很扎实，也让人信服。

汪曾祺的整个创作，被研究者分成了三个时段，而金实秋认为汪先生的创作有两个里程碑，第一个里程碑作品是写于上世纪40年代的《复仇》，第二个里程碑是《受戒》。金实秋发现“两篇如此重要的作品都与佛教有密切的关系”。注意汪曾祺与佛门因缘及其对创作的影响，金实秋是这方面的先行者。他的《禅风禅韵——汪曾祺佛教机缘漫议》写于1998年，从汪曾祺的家世、成长经历出发分析佛教对汪曾祺的影响，通过汪曾祺的一系列关于佛门的作品（包括小说、散文、诗、画）来表现汪曾祺与佛门的“亲近之情、认同之感和不解之缘”。

金实秋对汪曾祺的作品很熟悉，读得也很细致。他注意汪曾祺和酒的关系，并写了一本专著来谈汪曾祺的酒事，此事真非一般人所能为。他在阅读汪曾祺时，常有发现并付诸文字，《补说汪曾祺》一书中，除了上面提到的几篇文章外，至少还有《“算博士”汪曾祺》《浅说汪曾祺与“母舌”》《试解汪公梦》《素足之美》等篇，至今读来依旧耳目一新。书中还有一篇《点击作家中的“汪迷”》，列举了十几位有代表性的汪曾祺爱好者，简直就是一部汪曾祺作品的传播史和接受史。

细究汪曾祺的接受史，让孙郁感到很奇怪：“老一代作家对汪曾祺没有什么感觉，唯有青年作家对其情有独钟。”孙郁的眼光很“毒”，一语中的。几十年过去，当年的青年作家、汪曾祺称为“小老乡”的金实秋，如今也已七十多岁了，可依旧“一汪情深”地读着汪曾祺，时有所得，于是便有了一篇篇关于汪先生的文章。

2018 年 9 月 15 日下午

汪曾祺对年轻人的扶持和关心，做得是很到位的。翻看他的《全集》，他给年轻人写了那么多的序言和评论，其中很多都是初出茅庐或者名不见经传的写作者，但汪曾祺还是很认真地对待，费时费力，他是抱着提携年轻人的心思的。二三十年过去，当初的年轻人有很多湮没在时间中，可能早已停笔不写了，但也有一些仍在写作，而且写出了名堂，诸如铁凝、贾平凹……

在诸多的年轻人中，有一个莫言。应该说，汪曾祺对莫言投入的关注不算多；但每一次的关注，莫言都记忆深刻。2018 年，莫言的短篇小说《天下太平》获得汪曾祺华语小说奖。对此，莫言专门发表了一段感言。而这段感言与其说是答谢词，不如说是莫言在回忆和汪曾祺先生的交往以及从汪曾祺身上获得的教益。

在感言中，莫言称汪曾祺是“短篇小说大师”，是“多才而有趣之人”，并坦言他“与汪先生并没太多的交往，见过数次”，但每次都历历在目。

莫言提到了他们之间的三次交往。其中第一次接触，就是在原解放军艺术学院文学系读书时听汪曾祺讲课，三十多年过去，莫言对当时汪曾祺写在黑板上的“卑之无甚高论”，以及其他许多讲课内容都记得真切。课后，莫言还追着汪曾祺到大门口，“问和尚头上所烧戒疤的数目。他略一思索，说‘十二个’”。

莫言印象比较深的第二次交往是在 1985 年。那一年 3 月，《中国作家》杂志发表了莫言的《透明的红萝卜》，之后不久《中国作家》主编冯牧主持召开了《透明的红萝卜》研讨会，“连汪先生都来了啊”！参加研讨会的还有史铁生、李陀、雷达等人。在研讨会上，汪曾祺说了些什么，现在我们已经无从得知了。

第三次交往是在十年后的 1995 年，当时评选首届“大家·红河文学奖”，汪曾祺是评委之一，莫言以饱受争议的《丰乳肥臀》获奖。《汪曾祺全集》第十一卷中就收入了汪曾祺当时为莫言的《丰乳肥臀》所作的推荐语：

> 这是一部严肃的、诚挚的、具有象征意义的作品，对中国的百年历史具有很大的概括性。

这是莫言小说的突破，也是对中国当代文学的一次突破。

书名不等于作品，但是书名也无伤“大雅”。“丰乳”“肥臀”，不应该引起惊愕。

当时“大家·红河文学奖”颁奖会在人民大会堂举行，汪曾祺参加了颁奖会，他悄悄地跟莫言说：“你这本书太长了，我没读完。”

汪曾祺的写作，从民间文学处汲取的营养很多。在他的文章中，也多次提到应该从民间文学中借鉴、吸取，希望作家们多读一点民间文学，这除了汪曾祺做过几年《民间文学》的编辑外，更多的应该是汪曾祺写作时的自然选择。同样，莫言的创作，从民间文学中学到了很多东西。莫言在和王尧对谈时，专门就民间文学这个话题谈了不少篇幅，我在看他们的对话录时，首先想到的就是汪曾祺。

2019 年 12 月，莫言的《等待摩西》获第六届汪曾祺文学奖，这大概是莫言和汪曾祺缘分的继续。

2020 年 1 月 26 日

阿城：「早年兄弟」汪曾祺

1984年第7期《上海文学》发表了阿城的小说《棋王》，这是阿城的处女作。此后，画画的青年阿城登上文坛，又接连发表了《树王》《孩子王》，文坛也刮起了“三王”之风。当时，阿城三十四五岁。1985年3月3日，汪曾祺写下了《人之所以为人——读〈棋王〉笔记》，两天后的3月5日，汪曾祺过六十五周岁生日。《人之所以为人》发表在当月21日的《光明日报》上。虽说是读《棋王》笔记，但也连带地谈到了另外的“二王”——《树王》《孩子王》。

在《人之所以为人》一开头，汪曾祺就坦言：“读了阿城的小说，我觉得，这样的小说我写不出来。”汪曾祺是在谦虚，但说的也是实话。汪曾祺虽年长阿城近三十岁，但在新时期文学中，汪曾祺也仅比阿城早出现几年而已。就是这早出现的几年，汪曾祺已经发表了《受戒》《大淖记事》等代表作，成为“新出土”的著名老作家。写《人之所以为人》时，汪曾祺还不认识也还没见过阿城，所以在文章中完全是就作品谈作品。但看阿城的作品，汪曾祺不至于无话可说，而是要说的还挺多，主要因为他们相似处实在太多了。

阿城和汪曾祺一样，都喜欢读闲书，闲读书，都受历代笔记影响很深。他们都很会吃，也很会写吃。虽然在吃的方面，阿城写的、谈的远少于汪曾祺，但他们之间应该有过交流、切磋吧。《棋王》里有写吃，当然会被汪曾祺注意到，他甚至认为《棋王》“写的就是关于吃和下棋的故事”，并继而细致地分析了《棋王》中“有两处写吃，都很精彩”，“一处是王一生在火车上吃饭，一处是吃蛇。一处写对吃的需求，一处写吃的快乐”。

汪曾祺对阿城的作品是很熟悉的，1985 年至 1990 年，几乎每年的作品里都会不时地提及阿城。汪曾祺对阿城小说中的“老鹰在天上移来移去”印象很深，好几次举例的时候都用来做例子。此外，汪曾祺在《语言是本质的东西》一文中谈到“语言决定于作家的气质”的观点时，以鲁迅、废名、沈从文、孙犁等前辈、同辈作家来举例为证，同时还列出了“何立伟、阿城”两位年轻作家。

1987 年，汪曾祺到美国参加聂华苓的爱荷华国际写作计划。在《美国家书》中，汪曾祺多次谈到阿城，都是很正面的评价。

在美期间，他们接触应该是较为频繁的，这从汪曾祺的家书中也可窥得一二。

阿城对汪曾祺的作品和经历也是很熟悉的。阿城经常往返湘西，就给汪曾祺送过湘西凤凰的酒，“主要送你这只酒瓶，酒瓶是黄永玉做的”。阿城是知道汪曾祺和黄永玉交往史的。我在看阿城的《威尼斯日记》时，就常想起汪曾祺在美国写的家书，一样的信笔涂鸦，想到哪里写到哪里，一样都是很见功夫的文章。

阿城在文章中谈及汪曾祺处也很多，还常不经意地就拿汪曾祺的作品来举例。在谈到江南的出家人的世俗生活时，阿城举到的例子是鲁迅的《我的第一个师父》和汪曾祺的《受戒》。

《闲话闲说——中国世俗与中国小说》是阿城专谈中国小说史的著作。他梳理中国小说史，一路下来，在第六十六则中专门写到了汪曾祺先生的《受戒》。阿城初看《受戒》是在小说发表几年后的一本旧杂志上，看后“感觉如玉，心想这姓汪的好像是个坐飞船出去又回来的早年兄弟，不然怎么会只有世俗之眼而没有‘工农兵’气”？ 1990 年，阿城编选《中国现代小说选》意大利文版，在序言中对选入的每篇作品和作者都有介绍，其中选入了汪曾祺的《受戒》，并在序中着墨甚多，对汪曾祺的人和文都有评价：以为汪先生的作品“是一种恢复了诗意的散文小说”，提及汪曾祺的早期作品，认为应属于“新感觉派”。这篇序言，汪曾祺是应该看过的。

在《闲话闲说》第三十三则谈及俗物时，阿城又想到了汪曾祺：“当代的汪曾祺常常将俗物写得很精彩，比如咸菜、萝卜、马铃薯……肯定这些，写好这些，靠的是好性情。”在阿城看来，另外的好性情是张岱和他的《陶庵梦忆》。熟悉汪曾祺作品的读者都知道，汪曾祺也是极欣赏张岱和《陶庵梦忆》的。

在《常识与通识》中，阿城谈及《阅微草堂笔记》和《聊斋志异》的异同，认为“《阅微草堂笔记》的细节是非文学性的，老老实实也结结实实”。写至此处，阿城笔锋一转，开始谈汪曾祺：“汪曾祺先生的小说、散文、杂文都有这个特征，所以汪先生的文字几乎是当代中国文字中仅有的没有文艺腔的文字。”也是在这篇文章中，阿城提及了汪曾祺写他的那篇《人之所以为人》：“汪曾祺先生曾写过篇文章警惕我不要陷在道家里，拳拳之心，大概是被光头老者蒙蔽了。”这个光头老者是《棋王》里写的一个“满口道禅”之人，同样的话，阿城在《闲话闲说》第十二则中又说了一遍。

2020 年 3 月 19 日写于英买里村办公室

第二辑　书架上的汪曾祺

读汪曾祺，如看草花

《草花集》是汪曾祺众多散文随笔集中的一本，只有薄薄的一百多个页码，作为成都出版社“听雨楼文丛”之一，出版于1993年。二十六年后，我和它偶遇于伊犁。

《草花集》不是什么难得的书，但胜在是作者生前编定的自选集，而且还专门写了序，和现在市面上常见的汪先生著作，虽然内容没有什么不同，但看时感觉大异。

我之于书，向来是随遇而买，虽爱读汪曾祺，却也没想着专门去搜求他生前出过的书。我身边就有朋友，爱读汪曾祺爱到把汪先生生前出过的书一本本地收齐，甚至出版于上世纪40年代末的《邂逅集》都让他千方百计买到了。寒舍所存的汪曾祺著作，也仅有两种《汪曾祺全集》以及之前零散有的十几种单行本。之后尤其近几年出版的汪曾祺单行本作品集都敬而远之了。话虽如此，但有时偶遇年代早一点的，尤其汪先生自己编定的集子，总还是忍不住要买。《草花集》即为其一，看目录，书中文章也都看过，许多篇目甚至看过不止一遍，但看看书品，再翻翻装帧，还是顺手就买了。

过了几日，要去驻村，临走时从书架上抽出《草花集》放进随行的包里。住户时，随手抽出来读几页，也很快就看完了。近两年，每月到村中住户，我常以为苦，和汪曾祺的“随遇而安”比起来，境界到底差了许多。《沽源》即是汪曾祺写“右派”生活的篇章之一，文章写得自然是好。他补录为“右派”，自认是“三生有幸”，所以去沽源，也并不觉得是苦，在他笔下，甚至觉得是一种享福，是“逍遥自在之极”。每天早上摘两丛还带着露水的马铃薯花和叶，上午画花，下午画叶；马铃薯成熟时就画马铃薯，画完的薯块在牛粪中烤熟着吃掉，于是也有了自夸的资本:“我敢说，像我一样吃过那么多品种的马铃薯的，全国盖无第二人。”

其实，不仅是到了沽源以后，仅看汪曾祺去沽源的马铃薯研究站路上的心情就知道，他是愉悦的，并不是常见那种“右派”遭遇发配的郁闷。汪曾祺去研究站，坐的是牛车，牛车走得很慢，他“就躺着看看蓝天，看看平如案板一样的大地——这真是‘大地’，大得无边无沿”。你看，这哪里是“发往军台效力”，简直就是旅游，是度假。

看版权页，《草花集》首印三万册，这对于一部散文集来说，不是小数。要知道，《草花集》出版的前几年，汪曾祺在漓江出版社出版《汪曾祺自选集》，在浙江文艺出版社出版《晚翠文谈》，首印也都只有两三千册，加印那是后来的事。时隔几年，也可以看出汪曾祺的读者群在不断扩大，变得很有"市场"。这个"市场"在汪曾祺去世后，更是不断地扩大，他的作品也正影响着后来的作家。最近《中华文学选刊》对一百多位三十五岁以下的青年作家作问卷调查，其中一个问题是"有哪些作家对你的写作产生过深刻印象？请列举三位，具体说明原因"，看了他们的回答，"汪曾祺"出现的频率颇高。

像《草花集》这样的"小书"，很适合带着路上读，文字很美，看着是一种享受，可消解奔波之疲劳。正如他在《自序》里写的那样，"辛苦了一天，找个阴凉地方，端一个马扎或是折脚的藤椅，沏一壶茶，坐一坐，看看这些草花，闻闻带有青草气的草花的淡淡的香味，也是一种乐趣"。汪曾祺写的是看草花的感受。汪曾祺把他的这些文章就比作是草花，所以读汪曾祺，如看草花，"闻闻带有青草气的草花的淡淡的香味，也是一种乐趣"。

2019 年 5 月 11 日晚写于编辑部，时 24 小时带班

关于吃，汪曾祺会做，也会写，当然更会吃。

20世纪70年代末，汪曾祺“赋闲”在家，心情苦闷，书画排遣之余，就是琢磨吃食。凡事就怕认真。对于吃这件事而言，汪曾祺是很认真的，在他琢磨出油条塞肉回锅后，忍不住写信和老友朱德熙分享，并邀请他来吃。1987年，他终于在散文《家常酒菜》中专门写出了这道“塞馅回锅油条”。

除了塞馅回锅油条外，汪曾祺还“发明”过菜谱所未记载的菜。有一年春节时，汪曾祺加了一道菜：新采未开伞的平蘑切成薄片，加大量蒜黄、瘦猪肉同炒。对这道菜，汪曾祺有一点沾沾自喜，因为“平蘑片炒蒜黄，各种菜谱皆未载”。据说汪曾祺老家高邮的一些饭馆有一桌“汪氏家宴”，是以汪曾祺饮食文章为食谱做出的“家宴”。我曾途经扬州，与高邮擦肩而过，汪氏家宴也未能如愿吃到。

也是在给友人的信中，汪曾祺表达了退休后想“搞一本《中国烹饪史》”的计划。然而，终究只是想法，未见他动笔。但他平时看书，很注意搜集这方面的材料，对各种食谱、菜谱以及写饮食的文章尤其留意。你看他写“脍”，便知留意此类文字久矣。他写《切脍》《宋朝人的吃喝》等文章，靠的都是平时阅读的积累，要知道那个年代可没什么网络检索。

1987年，汪曾祺去美国参加爱荷华写作计划，在给夫人施松卿的家书中，也常提到吃食。其中1987年9月4日的信，近乎一半都在说吃的东西，他不信“鸡据说怎么做也不好吃”的邪，告诉夫人要“做一次香酥鸡给留学生们尝尝”。在美国期间，汪曾祺和古华住一起，汪曾祺掌勺，古华负责洗菜刷碗。炊具不足，汪曾祺深感不便，在给施松卿的信中让施请人给他带“菜刀、擀面杖、一口小中国锅及铲子”。嗨，汪老头儿真讲究。他也有不讲究的时候，在广西参加文学笔会，他和贾平凹放着大酒店的饭不吃，跑到酒店外面吃老友面。三十年后，贾平凹对此还记忆犹新。和林斤澜在四川乐山，其他作家都进了大馆子，他们却“钻进一家只有穿草鞋的乡下人光顾的小店，一人要了一碗豆花”。

在另一封信中，汪曾祺也不忘给夫人汇报：“昨天我已为留学生炒了一个鱼香肉丝。美国猪肉、鸡都便宜，但不香，蔬菜肥而味寡。大白菜煮不烂。鱼较贵。”——你看，吃货汪曾祺，走到哪里对吃都这么认真。韩国人的铺子为汪曾祺在美国掌勺提供了很大的便利，因为这里佐料很多，“甚至还有四川豆瓣酱和酱豆腐”。汪曾祺发现“豆腐比国内的好，白、细、嫩而不易碎。豆腐也是外国的好，真是怪事”！汪曾祺可谓豆腐行家，对豆腐也有深情，专门写过散文《豆腐》，还写过不短的诗歌《豆腐》。在晚年，汪曾祺的食道有一小静脉曲张，不能吃硬的食物，连苹果都要捣碎了才能吃。这也难不倒汪曾祺，他在《〈旅食与文化〉题记》中提及此事时写道：“幸好还有‘世界第一’的豆腐，我还是能捣鼓出一桌豆腐席来的，不怕！”话虽如此，但对汪曾祺来说这无疑是一种煎熬，在写完此文后不到三个月，汪曾祺逝世。

汪曾祺曾夸口说他什么都吃，于是遭到过两次捉弄。一次是因为香菜，汪曾祺原来是不吃香菜的，但已经夸下海口，只好咬牙吃了；之后他就开始吃香菜了。还有一次是不吃苦瓜的他，朋友请客只有凉拌苦瓜、炒苦瓜、苦瓜汤三个菜；从这顿饭开始，汪曾祺就吃苦瓜了。从吃香菜、苦瓜的经历，汪曾祺体会到了“有些东西，本来不吃，吃吃也就习惯了”，并进一步感悟到：“一个人的口味要宽一点、杂一点，‘南甜北咸东辣西酸’，都去尝尝。对食物如此，对文化也应该这样。”其实，在此前，汪曾祺就有过这样的观点，将吃和文学联系起来，总结出其中的哲理，并写下了《吃食和文学》《揉面》等文章。

当然，也有汪曾祺招架不住的，那就是鱼腥草的生鱼腥味。看他的文章，好像也仅仅是“招架不住”，还是照吃不误，所以他走在哪里都很习惯，走南闯北，上高原，去草原，都能尝鲜，吃一些未吃过的食物，听一些未听过的掌故。

看汪曾祺的饮食文章，容易让人“对吃过的东西有所回味，对没吃过的有所向往”。昆明东月楼的锅贴乌鱼，虽只有几笔，却写得很馋人。此外，还有家常的酒菜，诸如干贝吊汤煮干丝、拌菠菜、扦瓜皮、芝麻酱拌腰片……他的许多文章，也常能引起乡思。汪曾祺的故乡高邮离我的故乡桐城不很远，许多食物的吃法、叫法都一样，豌豆叫庵豆，将“煮熟的大粒蚕豆用线穿成一挂佛珠，给孩子挂在脖子上，一颗一颗地剥了吃”，仿佛又回到了少年时代。他写到的地瓜，也是少时我们在乡村常吃的食物，或做菜炒着吃，或做水果，撕掉皮，直接啃吃。他写螺蛳，提及螺蛳弓，句子一拐，直接拐到了“我在小说《戴车匠》里对螺蛳弓有较详细的描写”，引得人只好把《戴车匠》翻出来重新看一遍。这也是一种阅读的乐趣，如吃美食。在《食豆饮水斋闲笔·红小豆》的最后，汪曾祺来了这么一句：“我的儿子会做夹沙肉，每次都很成功。”简直是神来之笔。

到了一个新地方，汪曾祺最想逛的不是书店，不是百货公司，而是菜市场，“看看生鸡活鸭、鲜鱼水菜、碧绿的黄瓜、通红的辣椒……”这真是一种瘾。有一回，汪曾祺在菜市场买牛肉，遇到不会做牛肉的中年妇女，他于是“尽了一趟义务”，给她“讲了一通牛肉的做法，从清炖、红烧、咖啡牛肉，直到广东的蚝油炒牛肉、四川的水煮牛肉、干煸牛肉丝……”不知这位妇女是否会觉得眼前这个老人是哪个馆子的资深大厨。汪曾祺家中常有客登门拜访，尤其年轻作家慕名而来，汪曾祺都要露一手，留客吃饭并喝几杯，此时的汪曾祺只是动几筷子，然后看着客人吃，偶尔抿几口酒。

汪曾祺是喜欢做一点菜的，他觉得对于长期伏案的作家来说，做菜是一种调剂，是一种休息。汪曾祺给《学人谈吃》《吃的自由》等饮食书写过序，还动手编过《知味集》，这是一本作家谈吃的书，请汪曾祺来编，再合适不过了。

2019年4月26日晚写于编辑部，时在夜班

写信的人

1977年9月7日，汪曾祺给朱德熙写了一信。在谈完朱德熙女儿朱襄的工作、简单提及了近况后，汪曾祺兴致勃勃地给朱德熙“汇报”了他最近发明的一种吃食：“买油条两三根，劈开，切成一寸多长一段，于窟窿内塞入拌了碎剁的榨菜及葱丝肉末，入油回锅炸焦，极有味。”紧接着一大段谈的都是吃食，近乎占全信的一半：“我三个月来每天做一顿饭，手艺遂见长进。何时有暇，你来喝一次酒。”在信中，汪曾祺说得若无其事，其实当年4月，京剧团内就给汪曾祺贴出了第一批大字报，后来的一段时间内，汪曾祺在团内都抬不起头，低头进出办公室，并在5月、8月各做过深刻检查。后来，在《老头儿汪曾祺》中，他的子女提及这段时间的汪曾祺，以写字、画画排遣心中郁闷之气，写、画之外，大概就是琢磨一些吃食，遂有了致朱德熙信中的内容。这个时候的汪曾祺，已经开始尝试重新拿起笔，写小说，写散文随笔，并在随后给朱德熙的信中抄录了《葵》《薤》《栈》等短文，这些文字汪曾祺后来稍作修改，都发表了。

汪曾祺的这些信都收录在新出版的《汪曾祺全集》中，并独立成卷。新版全集收到后，我将诗歌卷带到了办公室，书信卷则放在家中书桌显眼处，为的都是便于时常翻阅。《全集》的书信卷收录了汪曾祺的书信 293 封，其中少部分为残简，时间跨度五十多年。正文前印了一些汪曾祺的照片，此外还有一幅手札，是汪曾祺二十四岁时的字，写得很好看。

汪曾祺书信的史料价值自不待言，而我主要是把它们作为汪曾祺散文的一部分来阅读的。最早的一封写于 1943 年，和之后 1944 年、1945 年写给高邮中学同学朱奎元的信一样，篇幅很长，汪氏的语言特色已经初显。1944 年 5 月 22 日给朱奎元的信中，汪曾祺说他的小说一般人不易懂，所以想写点通俗文章，除了零碎小文外，汪曾祺还“有计划写一套‘给女孩子’，用温和有趣笔调谈年青女孩子各种问题”，并言已经开始着手了；但现在我们遍翻《全集》，也未见这些文章，所以“计划”终于只是计划。也是在同一封信中，我们发现汪曾祺已经开始留意有关颜色和气味。在晚年，汪曾祺分析沈从文小说以及自己散文时，就以颜色和气味来类比，是否可以说“颜色”和“气味”跟随了他半个多世纪？

在汪曾祺笔下，女性形象都很让人难忘，和他的老师沈从文一样，对女性的书写都很细腻，很“懂”女性，看他的书信，发现他对女性的关注由来已久。1944 年，汪曾祺在和朱奎元通信时，就大谈女性和地方文化的关系：“文化是从女人身上可以看出来的。”这被汪曾祺当成了“绝对的真理”。他进而补充说：“你走到一个城里，只要听一听那个城里的女人说些什么话，用什么样的颜色看人，你就可以断定这座城里有没有图书馆，有没有沙龙。”这样的话，六十岁以后的汪曾祺大概不会这么写。

作为沈从文的得意门生，汪曾祺和他的老师间的通信真是少得可怜，《全集》中就收录了一封，就是现在常被提到的写于 1947 年 7 月 15 日、16 日的长信，具有多方面的史料价值。在恩师面前，汪曾祺的臧否人物，丝毫不减锐气：“梁宗岱老了，不可能再‘力量力量’的叫了”，“李健吾世故”，“郑振铎、叶圣陶大概只会说出‘线条遒劲，表现富战斗性’之类的空话了”，“倒不如还是郭沫若来一首七言八句”，“我恨像吴晗那样的人一天谈‘一多一多’”。也是从这封信中，我们知道沈从文是有写闻一多传记的计划的。后来，当然也没有写出来。

汪曾祺喜欢看杂书，在这方面他也有专门的文章。但汪曾祺也不只是“看看”，还会“做一点卡片或笔记”，他的《读民歌札记》即来源于在沙岭子时做的笔记。在给杨香保的信中，他还透露曾经在几本乐府诗集的天地头和行间，“用圆珠笔密密麻麻地作了批注”，可惜后来被抄走遗失了。其实，汪曾祺看书做眉批，是早已有之的。早在1941年写的新诗《消息》中，就有这样的附记：“这是从日记里，从偶然留下的信札里，从读书的眉批里，从一些没有名字的字片里集起来的破碎句子……”

最近，出生于江苏东海的作家徐则臣出版了写运河的长篇小说《北上》。在接受采访时，徐则臣谈到了写作的初衷：“对于一条日常生活中的运河、一条文化意义上的运河，对于运河的历史和现在，我慢慢有自己的想法，所以就希望能够好好写这条河，把大运河作为主角推到小说的前台来。”这部长篇小说的写作，源于徐则臣“自身对水的感情以及在运河边的生活经历”。在这里提及徐则臣和《北上》，是因为汪曾祺早有写写运河的打算。在1983年，和陆建华通信时，汪曾祺就表达了想回高邮住一段时间的想法，主要是“想写写运河的变迁”，并觉得用“半年了解材料，肯定是不够的”。徐则臣的《北上》就写了四年。

陆建华在汪曾祺复出之初就写了不少论汪曾祺作品的文章，书信往来时也常就作品进行沟通。1981年，汪曾祺就提醒陆建华："一个人对一个地方、一个时期生活的观察，是不能用一篇东西来评量的。单看《受戒》，容易误会我把旧社会写得太美，参看其他篇，便知我也有很沉痛的感情。"1983 年 12 月 16 日，汪曾祺回答了陆建华关于《葡萄月令》的三个问题，这一封信简直就是一篇关于《葡萄月令》的创作谈，尤其是对第三个问题的回答，可作为汪曾祺的散文观来看：

> 不要写自己没有感受过的景色、自己没有体验过的感情。最怕文胜于情，有广告式的感伤主义的调子。散文要控制。要美，但要实在。写散文要如写家书，不可做作，不可存心使人感动。

汪曾祺不仅写散文如写家书，在写家书时也如写散文，在美国爱荷华写作计划期间，他写给夫人施松卿的家书，就是一篇篇很好的散文。

1985 年，人民文学出版社出版了汪曾祺的小说集《晚饭花集》。这本集子版权页标的出版时间是 1985 年 3 月，但其实直到 5 月书都还没印出来。在 1985 年 5 月 2 日写给口腔科医生宋爱萍的信中，汪曾祺透露了其中原因，原来出版社将封面上汪曾祺的名字印错了，只好重印封面。在当年 6 月 5 日给宋志强的信中，汪曾祺又提及此事，并进一步说将作者姓名错印成了“常规”，只得“把印好的封面全部撕掉，重印，重订”，“一拖恐怕又得两三个月”。真是错得莫名其妙。徐强的《人间送小温——汪曾祺年谱》中未提封面错印之事。那么，《晚饭花集》是何时印好的呢？具体时间还有待考证，但据《人间送小温——汪曾祺年谱》记载，1985 年 7 月，“《上海文学》副主编杨晓敏携编辑姚育明来访问并约稿，以《晚饭花集》题赠并留客吃饭”。次年 1 月，汪曾祺将《晚饭花集》分三包寄给高邮的亲友，在写给金家渝的信中，专门请他代向故乡人解释：“这是小说，不是报告文学，更不是传记，所写的事很多是虚构，希望大家不要信以为真，不要一件事一件事去核对。”汪曾祺遇到的“尴尬”，早在五十多年前，沈从文也遇到过，那时沈从文写给王际真的信中就说：“我不欢喜熟人看我的文章，也是想掩丑的意思。”

前两年，我曾写过一篇《汪曾祺被退稿》的文章，列举了一些汪曾祺被退稿的经历，当时汪先生的许多书信还没披露。随着更多史料的发现，深感那篇拙作还有修订的余地。1995 年，汪曾祺已经“大名鼎鼎”了，但还依旧遭遇着被退稿，而且稿件还是被对方约去后退稿的情形。泥菩萨也有三分火气，在致琛子的信中，汪曾祺对此不吐不快：“《窥浴》曾为《沈阳日报》拿去，主编不敢用，这很好，我干嘛要到沈阳这样的土地方去发表一篇东西！”收信人琛子，全名刘琛，当时还不到三十岁，是广州白马广告有限责任公司总监助理，约汪曾祺写广告册《西山客话》的就是她。

后来因为编辑新版《汪曾祺全集》，汪曾祺家人为了收集书信，联系到了刘琛。刘琛将书信和《西山客话》的手稿拍照发给了汪曾祺的家人，直到此时，家人们才知道当时广告册只用了《西山客话》很少的一部分。2018 年 5 月，《北京文学》第五期全文刊发了《西山客话》，汪曾祺的女儿汪朝在文前写了一篇《关于〈西山客话〉》的说明，其中写道：

> 《西山客话》写于 1993 年底到 1994 年初，是广州白马公司所作的宣发一部分。当初白马公司的刘琛来找父亲，被我们一口回绝了。汪曾祺哪能写这个呢？可刘琛很有股韧劲。她毕业于中戏，不知学戏剧文学还是导演，分到北京人艺，居然说没意思，辞了职南下做广告，可见很有个性。她说，只有汪曾祺的文字最适合写这个宣发，别人不行。磨来磨去，她成了父母的小朋友，他们都很喜欢这个鬼灵精的姑娘。更打动人的，是刘琛要求公司开出了“天价”，3 万元，现在不值什么，当时可真不少，发个短篇也就几百元。老头觉得值得卖卖块儿。

当初对汪曾祺和刘琛通信时自称“老疯子”还很疑惑，看了汪朝的回忆，尤其提及汪先生夫妇“都很喜欢这个鬼灵精的姑娘”，这才解了惑。刘琛还为《作品》杂志写了一篇关于“老疯子”汪曾祺的印象记，为了配合这篇印象记，汪曾祺将《窥浴》给了《作品》杂志，文章最终刊发在 1995 年第 9 期上，同期还刊发了汪曾祺的画作。在给琛子的信中，汪曾祺直言“写老疯子的文章很流畅，但我不太满意，对我的思想性格写得不深”，信后的落款是“老疯子”。哈哈，真是个老顽童。

2019 年 4 月 20 日夜班时写毕于编辑部，时已凌晨一点

写诗的人

1992年11月，七十二岁的汪曾祺和马原、张炜等年轻人有过对谈，在回忆起自己年轻时的写作，他坦言受到“西方现代派的影响比较大”。汪曾祺当时的小说就体现得很明显，但汪先生却拿他的诗歌来举例，“年轻的时候一开始写诗”，写的是“别人不懂自己也不懂的诗”。2019年初，新版《汪曾祺全集》出版，其中第十一卷中收录了汪先生上世纪40年代初所创作的诗歌，真是“别人不懂自己也不懂”。只有其中写于1941年的《消息》《封泥》等几首，能看出汪曾祺后来散文的风格。或者说，复出后汪曾祺的许多散文作品，风格早在四五十年前写的诗歌中就有所体现。如此说来，汪先生的写作是一以贯之的。《消息》这首诗写完了，汪曾祺还非要在诗后加这么一段：“这是从日记里，从偶然留下的信札里，从读书的眉批里，从一些没有名字的字片里集起来的破碎句子，算是一个平凡人的文献，给一些常常问我为甚么不修剪头发的人，并谢谢他们。”标注时间的文字，也颇有汪氏风范——“卅年，昆明雨季的开始时候”。

汪先生复出后的小说作品，许多都能从“少作”中找到影子，甚至还有直接重写少作的。但将其诗歌作前后比较，变化真大。上世纪40年代，汪曾祺的诗作主要是新诗；而80年代以后，汪曾祺虽然也写过几首新诗，但象征派的影响已经不见踪影，中国民歌的影响倒是一目了然。后来的他，也曾多处提到过，请写作者应该多关注民间文学，写诗应多读读民歌。在和石湾谈诗歌写作时，就曾建议石湾“学诗要多读唐诗和民歌”。看汪曾祺的作品，就知道他自己也用创作如此实践着。

通览汪先生创作生涯所写的诗歌，真正写得多的还是旧体诗，而且基本都是1980年以后所作，其中又以酬赠诗、题画诗、记游诗居多。汪曾祺及其前后的一代人，旧学底子扎实，写起旧体诗来都很不俗，虽戏称“打油诗”，但读起来，余味不散。

汪曾祺本质上是诗人，不仅因为他写了为数不少的诗，更因为他的小说、散文都是诗意的。但汪曾祺的诗还没怎么引起注意，尤其他的一些旧体诗，或自嘲，或抒怀，是他许多其他题材作品所未有的。看他的一些自寿诗，常想起周作人。莫非是因为自己前段时间刚读过《知堂杂诗抄》之故？事实上，汪曾祺是很关注周作人的。1983年，他听说《周作人回忆录》出版了，在给湖南文艺出版社总编辑弘征的信中，便请弘征帮忙代购一本。1992年，汪曾祺在《文学自由谈》第二期上发表了《读史杂咏》五首，其中一首写的就是周作人：“蛱蝶何能拣树栖，千秋谁恕钱谦益。赵州和尚一杯茶，不是人人都吃得。”其他四人写的分别是：何其芳、废名、林徽因、沈从文。

沈从文八十岁生日时，汪曾祺有诗赠给他的老师，就是那首“犹及回乡听楚声，此身虽在总堪惊”。汪先生自己大概也颇为满意，在给弘征、林斤澜的信中都专门抄寄过此诗全文。其中，给林斤澜的信中，还写道：“听说他一家看了都很高兴，大概是因为写得比较贴切。”

1987年，在云南的笔会上，他随手赠诗给李迪：“草帽已成蕉叶坡，倭衫犹似菜花黄。几度泼湿吉祥水，本性轻狂转更狂。”当时的笔会，作家先燕云也在，后来她在《觅我游踪五十年——汪曾祺印象》中对这首诗的写作背景有比较详尽的记录：“途中小憩。菜花金黄，灿然一片。李迪头顶破帽，身着黄色日本国衬衫，十分活跃。汪老赠诗一首。”汪曾祺写诗，常是这样兴之所至，张口就来，虽有游戏的成分，却饱含着他“苦心的经营”。他的这种苦心经营，是有扎实的学识做底子，所以毫不怯场。

宗璞说汪曾祺的“戏与诗，文与画，都隐着一段真性情”。

有一回，汪曾祺给宗璞画了一幅画，“红花怒放，下衬墨叶”，紧靠叶下有字，是一首诗。汪曾祺在散文《自得其乐》中曾提到过：“人间存一角，聊放侧枝花。欣然亦自得，不共赤城霞。”这是一首题画诗，“画中花叶与诗都在一侧”，“整个画面在临风自得的恬淡中，却有一种活泼的热烈气氛”。宗璞将画中的诗念给父亲冯友兰听，冯友兰听后“大为赞赏，说用王国维的标准来说，这诗便是不隔。何谓不隔？物与我浑然一体也”。汪曾祺在西南联大念书时，冯友兰是西南联大文学院院长，西南联大纪念碑碑文即出自冯先生之手。

在散文《三幅画》中，宗璞还提到了汪曾祺给她写的另一首诗：“壮游谁似冯宗璞，打伞遮阳过太湖。却看碧波千万顷，北归流入枕边书。”诗写于上世纪80年代初。当时，江苏的《钟山》编辑部举办太湖笔会，“从苏州乘船到无锡去。万顷碧波，洗去了尘俗烦恼，大家都有些忘乎所以。汪兄忽然递过半张撕破的香烟盒纸……”纸上写的即是上面提到的诗歌。仿佛是预言，三十多年后的2017年，已经八十九岁的宗璞发表了长篇小说《北归记》，成了许多人的枕边书。

汪曾祺数画紫藤。其中有一幅是赠褚时健的，画上当然少不了要题诗：“璎珞随风一院香，紫云到地日偏长。倘能许我闲闲坐，不作天南烟草王。”此时，汪曾祺已经七十六岁，这首题画诗，很切合受赠者的身份，褚时健当时是云南玉溪红塔烟草集团董事长、总裁，故为“烟草王”。汪曾祺还另画有紫藤，并题诗：“紫云拂地影参差，何处莺声时一啼。弹指七十年间事，先生犹是小孩提。”

早在此十几年前，汪曾祺就画过紫藤，题的是：“后园有紫藤一架，无人管理，任其恣意攀盘而极旺茂，花盛时仰卧架下使人醺然有醉意。一九八四年五一偶忆写之。今日作画已近十幅，此为强弩之末矣。曾祺记。”虽不是诗，却诗意盎然。即为张抗抗所言的“耐人品味”。

2019 年 4 月 13 日下午完稿于编辑部，时 24 小时值班中

从快递小哥手中拿到苏北的《汪曾祺闲话》，我就迫不及待地拆开边走边看。先看的是书中的《汪曾祺的书房及其他》。汪先生去世后，他的居所还保持着生前的模样。2015 年 5 月 16 日，苏北去福田公墓看完汪先生后就和汪朗、龙冬到“先生的生前旧居坐坐”，看了餐厅，看了厨房，转身就到了汪先生的书房，墙边的四个大书橱满满当当的，苏北注意到，“有一套《西厢记》已翻烂了”。

汪先生谈读书的文章并不多，他在作品中偶尔会提到看过的一些书。他的孩子们在《老头儿汪曾祺》中有所涉及，但也叙述甚略。故而他的书房里究竟有哪些书，他平时又都看哪些书，始终所知不详，也始终令我好奇。好在苏北这次将汪老书房里的书做了记录，还在文章中详细地列了出来。

苏北真是有心人。他的有心，体现在关注汪曾祺的方方面面。汪先生写有丁聪家地址的便条，他都还留着；那时候汪、丁两位先生在《南方周末》开有专栏，汪先生的稿子常由苏北送到丁家，再由丁先生画画。苏北还在日记里留下了许多关于汪曾祺先生的记录。2015 年，他整理多年前的日记，将涉及汪先生的“零碎的、片断的”文字作了摘录，并加以说明收进了长文《我和汪曾祺先生的交往——日记摘抄》中。

苏北在日记里记下了 1989 年 5 月 8 日第一次见到汪先生时的情景。那天，北京的鲁迅文学院，苏北在宿舍准备洗衣服，而汪曾祺是来参加鲁迅文学院和北师大联合举办的文学创作研究生班（就是莫言、迟子建等作家念书的这个班）开班典礼的。苏北站在宿舍门口看到一行人往接待室走，其中有个老人感觉很眼熟——“他脸黝黑，背微微有些驼。他微笑着，走在最后”。苏北感觉老人应该是汪曾祺先生，后来一打听，果然。在开学典礼结束后，“我站在大教室门口，汪先生一走出，我就把他引到隔壁我住的 503 房间里来了”。于是，粉丝和偶像一边抽烟一边聊开了，“我也隔着烟雾，见汪先生陶醉得很，他吸烟抽得很深，浓浓的一大口到嘴里，憋了一会，喷出来，整张脸又没有了”。过了十几天，在 5 月 24 日，苏北第一次登门去汪先生家拜访，吃了午饭，还得赠了一幅汪先生画的墨竹。再之后，苏北就成了汪家的常客。

这些片断式的记录，现在看来显得弥足珍贵。就像孙郁说的，“苏北的书里记载了许多汪氏的趣事，也成了我们研究汪氏难得的资料。从资料里，能看出老人日常的可爱，也能让我们知道他何以吸引了那么多的学生”。

二十多年前，苏北还生活在安徽的天长县，某日和县里文朋诗友聚会，其中有位业余诗人改白居易的作品来形容苏北读汪曾祺：“座中读汪谁最痴？安徽天长小苏北。”2012 年他回乡，和老朋友们一起吃饭，当年的业余诗人也在，继续赋诗：“座中读汪谁最痴？安徽天长老苏北。”诗句的一字之改，从“小”到“老”，道出了苏北这些年好像只干了一件事：读汪，“被这个老头子‘牵着鼻子走’”。苏北自已也坦言，这么多年他读汪曾祺有个过程：“是一个逐步发现、不断惊喜的过程”，“从狂热到冷静，从盲目到有所节制”。

苏北不仅读汪曾祺，还为汪曾祺研究做些力所能及的事。在选编、出版《汪曾祺早期逸文》（安徽文艺出版社 2016 年出版）之外，还编选了汪先生的书画集《四时佳兴》（百花文艺出版社 2017 年出版）。我此前看过的《你好，汪曾祺》（山东画报出版社 2007 年出版）一书，其出版也和苏北有关，这是在读《汪曾祺闲话》中《汪曾祺为何如此迷人》一文才知道的。山东画报出版社出版过《人间草木》《汪曾祺：文与画》《五味——汪曾祺谈吃散文32篇》等汪曾祺作品选，因为编选得当，装帧也很用心，一推向市场，每册都有加印；我随手从家中书架上抽出七八年前买的《汪曾祺：文与画》，看版权页——2005年3月出版，而我的这本已经是2007年8月第4次印刷了，可见影响之大。2007年汪先生逝世十周年时，苏北便打电话到山东画报出版社，“提出能否收集散失在各报刊的各类回忆汪曾祺先生的文章，辑集成册出版的建议”，没想到他们竟然采纳了，而且动手很快，赶在当年就出版了。如今，这本《你好，汪曾祺》已是一书难求。2016年，为纪念汪曾祺逝世二十周年，苏北又选编、出版了纪念文集《我们的汪曾祺》（广陵书社2016年出版）。

苏北将自己定位为一个从一开始学习写作就受到汪先生影响的作家。孙郁在《当代文坛的“汪迷”们》一文中，将大把的笔墨留给了苏北，据他统计，汪先生去世后，苏北是作家里谈论汪曾祺最多的一个。孙郁还看出了“苏北读汪曾祺作品，有仰视的心情在，故用语洁净而神圣”。“汪曾祺的气场真大，我们在苏北的小书里感到的辐射力，久久不能散去”，孙郁之言极是。

《汪曾祺闲话》是苏北继《忆·读汪曾祺》之后又一本关于汪先生的著作。苏北出生、成长的天长县，在高邮湖以西；

而汪先生的故乡高邮在湖东。这本《汪曾祺闲话》，在苏北看来是一个湖西人对湖东人的致敬之书。

2018 年 8 月 31 日晚、9 月 1 日下午

众眼阅汪老

2017年，是汪曾祺逝世二十周年。在此前后，扬州的广陵书社出版了一套王干主编的“回望汪曾祺”丛书以作纪念。其中有一本《我们的汪曾祺》，和2007年出版的《你好，汪曾祺》一脉相承，收录的是近年来怀念、评价汪曾祺的文章。十年转瞬即逝，研究此间汪曾祺作品的接受史，这两本书应该都是不得不提的。

黄裳的《也说曾祺》是《我们的汪曾祺》中的第一篇，之前在苏北的《忆·读汪曾祺》中曾看过。黄裳关于汪曾祺的几篇文章，史料价值之高，已经被研究者所注意。重读《也说曾祺》，发现了以前一些未留意的细节。比如黄裳提及汪曾祺作文时的增删，写道：“（汪曾祺）当年发表时本想删去此段，转而想人已不在，留下几句真话也好。从这种小事看，曾祺为文，不是没有斟酌的、考虑的。他自有他的‘分寸’。”将黄裳此言和李国涛的《得汪曾祺画有感》对读，一个认真而不凑合的汪曾祺如在眼前。

李国涛在 1987 年写过汪曾祺小说的评论，并开始与汪曾祺书信往来。后来李国涛找汪先生求画，汪先生给他画了一幅牡丹，因为“着色上似乎出了点问题”，故而重新画了一幅墨菊给李国涛。汪先生去世两年后，家人整理遗物发现了这幅“牡丹”，重新寄给了李国涛。通过比较两幅画，李国涛说：“汪先生平常很随和，甚至随便，但在这些小事上却不愿凑合。毋宁说，事关艺事，他总是十分认真的。”汪曾祺对美食也十分认真。做得一桌好菜的汪先生晚年搬进他儿子让出来的一套新房，因为还没通煤气，在他七十六岁生日那天，只好以一桌凉菜招待来客：拌萝卜丝、松花蛋拌豆腐、拌白菜心、拌黄瓜……如果不认真，大概领着客人去下馆子了。有幸吃到那一桌凉菜的张晴说：“虽然全都是冷食，但因为两位老人都很开心，大家也都觉得心里暖暖的。”

学者孙郁说汪曾祺是杂家：“他在一定程度上，是个杂家，精于文字之趣，熟于杂学之道。”在孙郁看来，汪曾祺尽力和他喜欢的杂学融在一起，其文章通体明亮，阅之颇有味道。因为汪曾祺“杂”，所以写他的文章，也都是角度各异，显得“杂”。谈他的诗，谈他的书画，谈他的戏，谈他的美食，谈他的美文，谈他的为人，甚至还有专门去高邮寻访汪曾祺故居和文学馆的，

《我们的汪曾祺》中就收有王安忆的《去汪老家串门》、刘文起的《高邮寻访汪曾祺》、陈永平的《汪氏故居的温度》等好几篇。

汪曾祺逝世前参加的最后一次笔会是在四川宜宾。王敦贤当时是四川作协秘书长，参与了接待工作。在《汪曾祺琐忆》中，他记录了笔会的一些过程，更重要的是他对汪曾祺因醉酒而死做了澄清。关于汪先生之死，有不少文章都有提及。

当然，汪先生研究中也存在着研究者关注得不多的空白，所以苏北在短文《汪先生研究的几个空白》中做了呼吁，尤其提出了“汪曾祺十九岁离乡，直到六十一岁才第一次回乡。他为什么四十多年不回故乡”的疑问。是啊，为什么呢？期待看到这方面的文章。

还期待更多关于汪曾祺和黄永玉的文章。他们的关系，虽一直为人所注意，但专门为文的不多。李辉在长文《高山流水，远近之间》中，陈述了他们的交往史，只列史实，不作评价。遗憾的是远近之间的汪曾祺和黄永玉，他们由近到远的原因，李辉也没给出来：“两人之间后来到底发生了什么？让人困惑且遗憾。”

林益耀是汪曾祺在上海致远中学教过的学生，曾写过《汪曾祺和致远中学》一文，对致远中学旧址和周围环境按他的记忆作了一番描述。没想到文章引起了不少汪先生读者的注意，按文索骥地去寻访致远中学旧址。于是他又写了一篇《芳草萋萋“听水斋”》对致远中学旧址进行详细说明，以便于寻访。

1983年汪曾祺应邀重回张家口。杨香保《汪曾祺来张家口讲学》一文不仅记载了此事，还披露了几首汪先生的佚诗《重来张家口读〈浪花〉小说有感》《重返沙岭子有感》《登大境门》，这些作品为《汪曾祺全集》所未收。另外，文章中提到汪先生在张家口讲座的讲稿发表在当地的《浪花》文艺季刊上，不知是《全集》里的哪篇文章，抑或根本为《全集》所未收?

汪曾祺在上海和张家口的经历，渐为学界所留意。《我们的汪曾祺》一书中所收《芳草萋萋“听水斋”》《汪曾祺四题·一个人与一座城的牵念》《上海之于汪曾祺到底意味着什么》《汪曾祺在张家口》《汪曾祺来张家口讲学》《寻访汪曾祺在张家口的足迹》《汪曾祺与张家口》等几篇文章，对汪曾祺在上海和张家口的生活都有所勾勒。苏北在所作《汪曾祺在张家口》一文中提到了陈光愣的短文《昨天的故事》，这也是一篇写汪曾祺在张家口生活的文章，但因为作者陈光愣特殊的身份，更值得注意。陈光愣1958年从北京农业大学毕业后分配到沙子岭农科所，与汪曾祺在同一个政治学习小组，后来又和汪曾祺同宿舍。可惜，在书中没看到这篇《昨天的故事》。

铁凝在《相信生活，相信爱》里说，汪曾祺先生总让我想到母语无与伦比的优美和劲道。这种无与伦比的优美和劲道，这是他人所学不来的。“学我者生，似我者死，文起以为如何？”这是汪先生给学他风格的刘文起的题字。而编发过多篇汪曾祺作品的张守仁也感觉他的“文本严谨得不能动一个字”。学者杨早大概也有这方面的感触。他从各个角度来解读《八千岁》，得了一篇妙文《由此进入“汪曾祺的高邮”——重读〈八千岁〉》。同样的妙文还有毕飞宇分析《受戒》的文章《倾“庙”之恋——读汪曾祺的〈受戒〉》，可惜也未收在书中。写汪曾祺的文章，学术论文之外，实在还有好多，期待着以后还有《我们的汪曾祺》二集、三集面世。

2018 年 8 月 30 日晚

书架上的汪曾祺

在我的书架上，两个作家有作品专柜。一为鲁迅先生，一为汪曾祺先生。鲁迅先生那一柜，放的是先生的作品和有关先生的论著。汪先生的专柜也是如此，排着满满两格，都是汪先生写的书和写汪先生的书，这些书都不是什么珍贵的版本，却都是我常翻的。

大象出版社出版的《汪曾祺自述》是我买的第一本汪曾祺作品集，是李辉主编的“大象人物自述文丛”中的一本。书的扉页上有我买书的记录：“2009 年 5 月 5 日，伊宁。”那时我居住的伊宁市还有几个不错的旧书店、书摊，都是我经常去的地方。2009 年，我还只是知道汪曾祺这个名字，却没怎么看过他的作品，但对主编李辉了解得比较多，李辉的作品更是遇到就要看的。出于对李辉的信任，在旧书店遇到《汪曾祺自述》便买了，一同买的还有《黄裳自述》等书。没想到这一买，倒成了我读汪曾祺之始。现在，这本书还留有我的阅读痕迹：“2011 年 4 月 18 日再读毕。”

没想到这一读，就迷上了，从此开始集中阅读汪曾祺，今后大概也还会持续下去。

有一次在孔夫子旧书网上买《汪曾祺全集》第二卷和第六卷，后来店主通过手机号加我微信，大聊汪先生，原来他也是“汪迷”。“汪迷”真是无处不在。汪先生写的书看得多了，自然就关注起了写汪先生的书。在看汪先生作品时，偶尔也写了几篇关于汪先生的拙文拿去发表，想不到竟为汪先生的一些研究者所留意，并开始了“秀才人情书一本”式的往来，得赠了《人间送小温——汪曾祺年谱》《你好，汪曾祺》等书。当然，诸如此类写汪先生的书，我一旦遇到，也是肯定要买的。

我平时很少逛新华书店。去年年初，同事到单位附近的新华书店给孩子买教辅资料，我陪着进去看看，发现了一本 2016 年中国青年出版社出版的《老头儿汪曾祺：我们眼中的父亲》，这是汪先生三个子女写的他们眼中的父亲。之前我曾看过，但遇到还是想买，一看定价：六十八元，呵——真不便宜。我知道，如果在网上买的话，可能会省下近二十元，甚至都不止，但还是随手买了。这也成了我近七八年来，在新华书店买的唯一的书。回到单位我就迫不及待地拆开塑封看了起来，现在这本书书后还记有当时自己题写的文字：“2017 年 1 月 4 日始读，2017 年 1 月 18 日夜再读毕。”

书架上关于汪曾祺先生的书，我差不多都看过两遍以上。江苏文艺出版社出版的“汪曾祺代表作系列”三本的装订实在让人难以满意，翻着翻着就散页了，于是只好立在书架上不动。散页的还有跟我“转战南北”的《汪曾祺小说选》，它随我到江苏，到新疆的南疆各地，或许是路途颠簸太多，去年再翻时，胶装终于不堪重负而罢了工。

像山东画报出版社出版的《汪曾祺：文与画》，到底看了几遍，我自己也记不清了。之前，还经常翻，有时是为了看书中几篇文章，近两年更多的是欣赏书中汪先生的书画作品。每次看《汪曾祺：文与画》时，我都觉得书架中应该有一本汪先生家人自印的《汪曾祺书画集》，可惜没有。好在百花文艺出版社去年出版了《四时佳兴》、故宫出版社出版了《汪曾祺书画》，弥补了些许缺憾。它们被我请进了书房，从而解放了《汪曾祺：文与画》。

近一两年，有几个出版社都出了很不错的汪曾祺作品集，我都没买，是在等新版的《汪曾祺全集》。

2018 年 8 月 30 日下午，中苑陆建华在上世纪50年代就知道汪曾祺。之所以知道，是因为他和汪曾祺的胞弟汪海珊同班，听汪海珊说他有个在北京工作的哥哥汪曾祺，经常在报刊上发表作品。后来到了新时期，汪曾祺在文坛一复出，陆建华就格外关注汪曾祺作品，并就《异秉》《受戒》《大淖记事》写了近万字的文学评论《动人的风俗画——漫评汪曾祺的三篇小说》，发表在《北京文学》1981年8月号上。从此，陆建华开始了和汪曾祺的书信往来，但这些书信都未收在1998年北京师范大学出版社出版的《汪曾祺全集》中。后来，陆建华出版了《私信中的汪曾祺：汪曾祺致陆建华三十八封信解读》，这是陆建华关于汪曾祺的第三本书，前一本是我正在看的传记《汪曾祺的春夏秋冬》，出版于2005年。

十多年前，在汪曾祺研究还不那么火热，尤其许多资料还尚待发掘时，《汪曾祺的春夏秋冬》以及书后附录的简易的汪曾祺年谱，它们的开创之功，是值得铭记的。学者孙郁在《当代文坛的“汪迷”们》中说：

> 最早为汪曾祺作传的陆建华，多次讲到汪曾祺研究的状况。他自己就有许多谈论汪氏的文字问世。《汪曾祺的春夏秋冬》，说到与汪氏有关的各种人物，可以由此触摸到历史的旧迹。

最早为汪曾祺作传的陆建华，也是新时期最早关注汪曾祺的评论家之一。后来他还策划、主编了《汪曾祺文集》，协调拍摄了以汪曾祺为主题的纪录片《梦故乡》，片中留下了不少汪先生的原声影像。在《汪曾祺的春夏秋冬》之前，1997 年，陆建华还出版过《汪曾祺传》。他写《汪曾祺传》，“每写一章，都快件寄给汪老审看”。作者也坦言《汪曾祺的春夏秋冬》是在《汪曾祺传》的基础上写成的，除了篇幅和结构不同外，后一本书更是“力求把汪曾祺放在一个宏大的中国现当代历史背景下，去考察出生于苏北小县城的汪曾祺，何以后来能成为中国当代文坛独树一帜的汪曾祺……”

我在看《汪曾祺的春夏秋冬》时就感觉作者是在传记的基础上又融入了他对汪先生作品的理解，把对汪曾祺的一生经历与对汪曾祺作品的感受结合在一起写。汪曾祺没留下过日记等资料，陆建华就从汪曾祺的作品和汪朗、汪明、汪朝所写的《老头儿汪曾祺：我们眼中的父亲》入手，梳理出了汪先生的一生，并认为汪先生“对自己的孩子们，他是一位好父亲；对生活中的亲朋好友，他是值得信赖的好老头；对广大喜欢他的作品的读者，他是努力写出‘有益于世道人心’的好作家”。

汪曾祺在新时期复出时，陆建华在高邮县委宣传部工作。在看了汪曾祺这些以故乡高邮为背景的作品后，陆建华就萌生了“要是能让阔别家乡多年的汪曾祺重回家乡，圆一圆他那浓烈的思乡之梦该多好”的想法。有了想法，陆建华马上就付诸行动，积极和高邮县各级领导联系，终于“以高邮县政府名义邀请汪曾祺回乡访问的函，顺利发往汪曾祺所在的单位——北京京剧院”。离开家乡42年之后，1981年10月10日，汪曾祺“踏上了故乡的土地”。在高邮期间，由县委宣传部指派，陆建华“跟着汪曾祺，照料他的生活，具体安排他回乡后的有关活动”。这些都记录在《汪曾祺的春夏秋冬》中《多情最是故乡人》这一章。这也是在我看来，全书最值得注意的一章，只可惜未展开详细写写。

我在前年9月第一遍看此书时，在目录页记下了“加一章关于汪曾祺的游踪会更好”。此次重读，还有这种感觉。汪曾祺写了那么多游记，将他各处游历、采风加以总结为一章，岂不也很好？章节名字我都想好了——《觅我游踪五十年》。

《汪曾祺的春夏秋冬》中还收了不少有关汪曾祺的照片和他的书画。其中有一张插图，影印了《北京文学》1980 年第 10 期发表的《受戒》题图一页，我之所以注意，是因为上面有汪曾祺的题字“这不是我！汪曾祺 1991 年 10 月”。但陆建华在书中未写到汪先生题字的背景。当我看完了《汪曾祺的春夏秋冬》，不禁想：汪曾祺看了，是否会说“这就是我”呢？

2018 年 8 月 28 日夜

温暖的汪曾祺

在苏北心中，汪曾祺是温暖的，跟家人一样。他“离开我们越久，却越接近我们。他仿若并没有离去，而是还在某个地方坐着，微笑着看着我们”。同时，在苏北心中，还为汪曾祺立了一座碑。只因“他的文字，改变了我的生命——我整日痴迷地浸淫在其中——它们改变了我的性格，改变了我对生活的态度”。

汪曾祺就这样从方方面面影响着苏北，影响着其他的许多人。这种影响是不容易看见的，就像“菌子没有了，但它的气味还留在空气中”。

从二十二三岁第一次接触汪先生的《晚饭花集》开始，苏北（当时还叫陈立新）就迷上了汪先生的文字，后来他将这本《晚饭花集》“抄来抄去，抄在了四个大笔记本上”，之后看到《汪曾祺短篇小说选》，又“抄了一半”。抄有汪曾祺作品的四个大笔记本，苏北寄给了汪先生。汪先生在《对读者的感谢》中，写到了这四个笔记本。这些浓缩了苏北青春的笔记本一直存在汪先生家中，汪先生去世十多年后，他的女儿汪朝又寄还给了苏北。苏北觉得它们最好的归宿应该是高邮的汪曾祺文学馆。

因为着迷于汪曾祺，他数次游走在汪先生故乡江苏高邮一带。1988 年 10 月 12 日，受汪曾祺和他的《晚饭花集》的感召，二十六岁的苏北开始人生第一次行走，此次行走为期三天，“实地勘察了苏北地区的风土人情”。这次勘察，苏北记了原始笔记，收在了《忆 · 读汪曾祺》中，让我们得见三十年前苏北眼中包括高邮在内的里下河地区的概貌。如今这里已经形成“里下河文学流派”，文学创作不容忽视。

在 1988 年 10 月 14 日行走记录的最后，苏北说：“我将记住这次旅行。从此，我的笔名便叫了苏北。”这次在高邮，苏北买了本《汪曾祺自选集》，还见到了小说《皮凤三楦房子》中的高大头原型。转眼，“苏北”一叫已整整三十年。正如当年他自己在日记里说的，这三天行走的收获“读三天书是读不来的。这三天将受用三十年，甚至一辈子”。

1989 年，苏北到北京读鲁迅文学院，在这里第一次见到了汪曾祺，并开始了之后九年的近距离接触，苏北也成了汪曾祺家中常客，在《忆 · 读汪曾祺》中，苏北记下了许多汪先生生活中的细节。这些片断式的记录，除了史料价值外，还让我们看到了一个活泼的、真诚的、温暖的汪曾祺；这样的汪曾祺和他的文章是一致的，人文如一。

写有散文《颜色的世界》的汪曾祺，在苏北看来，应该是“淡紫色的，蚕豆花般的浅紫色”。苏北观察生活的方式，都是看汪曾祺的小说学来的。许多初学者都以为汪曾祺好学，苏北并不这么认为，他觉得“汪曾祺是十分难学的，他的文字，不在形式，而在内容——学养、气质、练达和对人生的通透”。曹禺说汪曾祺“继承了中国文学一种断了许久、却又永不可断的传统”。此言极是。或许，这正是汪曾祺魅力所在，也因为此，汪曾祺的各种作品——散文、小说，以及他的书画，都在不停地翻印，“十多年过去了，汪曾祺的书都在书店里”，这也是黄裳说“曾祺身后并不寂寞，他的作品留下的影响，依然绵绵无尽”的底气所在。

邵燕祥说：“汪老是个好人，是一个总想着别人的人，更是一个从来不伤害别人的人。”看了苏北笔下的汪曾祺，我还感觉汪先生是个温暖的人，时时给身边的年轻人以温暖，鼓励着他们往前走。

2018年8月22日晚，夜班时

汪曾祺去世后，他的子女汪朗、汪明、汪朝除编了一本《汪曾祺书画集》外，还合写了一本《老头儿汪曾祺：我们眼中的父亲》。如今，汪曾祺去世二十多年了，当年的《汪曾祺书画集》已是一书难求，在网上一本也被炒到了过万元。《老头儿汪曾祺》则不停地修订、再版，再加上汪曾祺各种作品集的热销，我们有理由得出结论：汪曾祺正在被越来越多的人阅读着、喜爱着……

在子女们眼中，“老头儿”汪曾祺未见得高大，但比较真实。他们之所以有此言，是因为汪先生成了名人后，写他的文章多了，有些甚至是瞎编故事，将老头儿编得“高大”得连老伴、子女都不认识，还以为有另外一个汪曾祺呢。

汪朗是汪曾祺的长子，《老头儿汪曾祺》中《岁月留痕》一辑便是由他执笔完成。文中，他结合作品谈得更多的是汪曾祺一生的经历，仿佛是一本传记，呈现的是一个作品内外的汪曾祺。所以在这一节中，“料”很足，后来出版的汪先生传记、年谱，得益于此书处实在太多了。汪明、汪朝则是从女儿的角度记下了她们眼中的父亲，更多的是生活中的细节，写得细腻而让人感动。

我也是从这本书中才知道，汪曾祺《蒲桥集》封面上的两段“广告语”，原来就出自他个人之手，“《蒲桥集》出版时，编辑提出要有一个简短的介绍，让读者对汪曾祺的散文特点有所了解，于是他便提笔写了这么个东西”。这个介绍虽只有短短两段，但实在是一篇极好的文章，应当收在汪先生的新版全集中。

以前看汪先生作品，或者看别人写汪先生的文章，知道他在西南联大时当过“枪手”，替别人写过一篇关于李贺的读书报告，却得到了闻一多先生“比汪曾祺写得还要好”的评价。一直以来，对“比汪曾祺写得还要好”的文章，只是听闻却无缘得见，现在这份读书报告《黑罂粟花——〈李贺诗歌编〉读后》也收在了《老头儿汪曾祺》中，我把它当作汪曾祺佚文来看，看了一遍又一遍。

诸如此类，史料十足。在三人的文章中，关于汪曾祺的朋友，写得较多的有林斤澜、朱德熙等，黄永玉当然也经常出现在他们笔下。汪朗是这样记录的：“当时，爸爸和黄永玉两人同属于虽有才华但不得志的年轻人，因此经常凑在一起发些感慨。以后的二十年中，爸爸和黄永玉成了好朋友。”汪曾祺和林斤澜、朱德熙、邓友梅等人的友谊，是持续终生的，而汪朗在此处却专门强调了“以后的二十年”，想来不是没原因的，果然这一段结尾就是“两个人后来的关系出现了一些变故”。至于什么变故，书中没有明说，值得我等好奇的读者另文专述。

看汪明写《高邮汪曾祺》，多从小处着笔，把汪曾祺对高邮的情感表现得真好。谁能说汪曾祺写《受戒》《大淖记事》等作品，不是因为他姐姐到北京看他们，引发了汪曾祺的乡情而催生出来的呢？我之所以如此想，是因为汪明说：“姑姑走了以后，爸常常愣着，我们看出来，他得了思乡病了。不久，他接连写了《受戒》《大淖记事》《异秉》等浸透了高邮风土人情的小说。”关于这些作品，他的家人认为“其实并没有开发出文学创作的新疆界，只不过把中断的文脉接续起来，同时注入了自己的特色。但在当时的环境中，这种‘复旧’也是出新”。我看到此处时就在想，家人眼中的汪曾祺果然是“未见得高大，但比较真实”。后来，汪曾祺看江苏电视台为他拍的电视片《梦故乡》。“老头儿看过了又要看，几遍才算够？”“爸直直地盯着荧屏，眼中汪汪地饱含着泪，瞬间，泪水沿着面颊直淌下来！”

汪曾祺缘何创作关于高邮风土人情的小说，汪朗还提供了另一种说法。小说写得那么好的汪曾祺，却被子女认为“爸爸不会编故事，虚构能力很差”，所以“只会写自己身边的人和事，还必须是他非常熟悉的”。家人总结他非常熟悉的生活就是四个方面，现在通览汪先生目前所见的作品，也基本都是从这四方面写开的：高邮近二十年的生活、昆明和西南联大的生活、张家口改造期间的三四年以及北京京剧团的近三十年。因为虚构能力差、不会编故事，写的都是熟悉的生活，多半是真人真事，所以写起来会“受到种种限制”。选择以家乡的人和事为主题写小说，完全是受限制太多所致：“昆明读书时接触的人主要是联大师生，时下都是有头有脸的人物，不宜拿来写小说”；下放劳动的新体验所得的素材基本写光了；剧团里的许多事情是上好的小说素材，但是“当事人还在，没法动手”；于是只好“多写家乡的人和事，而且是几十年前的人和事”。

或许正因为《老头儿汪曾祺》一书作者特殊的身份，再加上本书披露了许多不为人知的史料和细节，所以多年来一直被汪曾祺研究者和读者看重。我并不是研究者，只是汪曾祺众多作品的读者。我之所以一遍遍地翻看这本书，看重这本书，只是想更多地了解作品之外的汪曾祺，试图通过这本书走近那个可爱的老头儿。好在汪朗、汪明、汪朝三人所写，各有侧重，每所读，都有所得。我曾在冬天的晚上和夏天的晚上重读《老头儿汪曾祺》，读到的是温情，读出的是温暖，以后大概还会继续重读下去。

2018 年 8 月 21 日晚，中苑

文章为命酒为魂

汪曾祺好酒，现在和他的文章一样有名。《你好，汪曾祺》是在汪先生去世十年后编辑出版的纪念文集。我最近又重读了一遍，发现书中许多文章都不约而同地提到汪曾祺好饮善饮。陆文夫就用了《酒仙汪曾祺》的题目，高晓声的题目中也有酒——《杯酒告别》。酒之于汪曾祺，他的子女在《老头儿汪曾祺：我们眼中的父亲》中也有所记录，汪明干脆以《“泡”在酒里的老头儿》为题来写她的父亲汪曾祺。

关于汪曾祺和酒的故事，真可以写成一本书。现在，果真有人写了这样一本书——金实秋的《泡在酒里的老头儿：汪曾祺酒事广记》（广陵书社 2017 年 4 月出版）。正如书名所言，书中所写都是汪曾祺的酒事。全书大致以时间为序，记录汪曾祺的饮酒生涯，分为高邮时期、西南联大、上海时期、“文革”时期……写尽了汪曾祺与酒的一生，既是汪曾祺的喝酒史，也是汪曾祺的交游史，更是一部别样的汪曾祺传记。

汪曾祺是凡人，当然也少不了借酒浇愁。金实秋总结他借酒浇愁的四个密集期分别是：昆明穷困颓唐时、“反右运动”之日、“文革”后期被“审查”之初、《沙家浜》署名案之际。纵观汪曾祺一生，大致确实如此。然而汪曾祺的饮酒，大部分时候是放松的。

据金实秋考证，汪曾祺第一次醉酒是在 1935 年，当时汪曾祺十五岁，初中毕业同学聚餐那天喝多了，醉后“说了不少出去闯荡的狂话”。四年后，他考入了在云南的西南联大，果真“出去闯荡”了。这一走出高邮，直至 1981 年才第一次回去。关于这次醉酒，汪曾祺当然没有印象，还是后来回乡时听大姐巧纹说起的。这少年时喝过的酒，都融进了汪曾祺的身体里，在记忆深处酝酿，后来都成了作品，“岁寒三友的酒曾经温暖过少年汪曾祺的心田，也滋润了汪先生的小说”。在西南联大，汪曾祺的酒事就更多了，甚至“醉卧街头”。这在他自己的文章中，在朱德熙等人的文章里也都留下过不少记录。在美国爱荷华时，汪曾祺写过十六次家书，金实秋细读家书时发现有八次都提到了酒，第一封信里有酒，最后一封信里还有酒，“在美国期间，汪老可谓是过足了酒瘾”。

汪曾祺馋酒，有酒瘾，除了他子女的记录外，很多和汪曾祺有过接触的朋友都印象很深。刘心武在《醉眼不朦胧》中就这么写：“平常时候，特别是没喝酒时，汪老像是一片打蔫的秋叶，两眼昏花，跟大家坐在一起，心不在焉。你向他喊话，或答非所问，或竟置若罔闻。可是，只要喝完一场好酒，他把一腔精神提了起来，那双眼就仿佛又充了电，思路清晰，反应敏捷，寥寥数语，即可满席生风……”汪曾祺这种无酒时无精打采、酒后精气神十足的状态，老友林斤澜、邓友梅笔下也没少记。

金先生这本书，搜集资料之广泛，简直就是汪曾祺研究资料汇编。为了收集资料，金实秋所花费的精力，我们这些读者大概难以想象。汪曾祺曾到过新疆，更在我现在生活的伊犁喝过当地名酒。金实秋为了弄清楚汪曾祺在伊犁期间的“酒事”，反复求证，找寻资料。笔者结识金先生，即缘于我的几篇关于汪曾祺在伊犁的拙作。为了查找、核对汪曾祺在新疆的资料，金实秋所费的心血体现在书中，不过短短三段。细读本书，感觉金实秋把关于汪曾祺与酒有关的文章、资料都一网打尽了。即便在如今的网络信息时代，大概也不得不花费几年工夫的专注和用心。这些引用过的资料，如在书后以参考文献的方式加以附录，就更好了。

好酒如命的汪先生，在作品中写到喝酒处也特别多，难忘的有《安乐居》《钓鱼的医生》……这样的篇目实在太多了，甚至在《七里茶坊》中都忍不住写到昆明的各种酒，而《鉴赏家》中一边饮酒一边画画的季匋民，又何尝不是汪曾祺本人的写照呢。汪曾祺的酒后挥毫，边喝边画，已经被许多人写进了文章里。他自己也曾坦言："书家往往酒后写字，就是酒后精神松弛，没有负担，较易放得开。"老友林斤澜甚至直言："汪的文章是靠酒泡出来的。"

汪曾祺关于酒的故事，真可谓多多，有些堪称传奇。与他有过接触、与他一起喝过酒、见他喝过酒者，何其有福，幸好他们也都留下了文字。幸好这些文字有了金实秋梳理，我们这些无缘见到汪曾祺、无缘和汪曾祺共饮一杯的读者才得以窥见汪曾祺"饮酒史"的全貌，对汪曾祺的"解忧且进杯中物""朋友来了有好酒""偶尔轻狂又何妨""无可奈何罢酒盅""断送一生惟有酒""文章为命酒为魂"，才有了比较多的了解和理解。

2018 年 8 月 18 日晚，编辑部，夜班时

读书只读汪曾祺

汪曾祺的众多研究者中，王干是起步比较早的一位，也是成就比较突出的一位。在一篇文章中，他说他是读着汪曾祺老去。真是这样。王干第一次读汪曾祺的作品，是发表在《人民文学》上的《王全》，至今已过去了四十多年。多年后，他对初读时的感受，记得深刻：原来的“内心焦躁、愤懑”变得“忽然平静下来，夏夜也变得平静温和”。

四十多年里，王干习惯晚间阅读汪曾祺。夜读汪曾祺，他的体会是“如秋月当空，明净如水，一尘不染，读罢，心灵如洗”。今后，他大概也会继续夜读下去，如此，可谓汪曾祺伴一生。

手中刚看完的这本《夜读汪曾祺》，就是王干夜读的部分成果汇集。书中有些文章虽没标写作日期，但可以看出起码是二十多年前的作品了，甚至还有三十多年前的作品。有些汪曾祺印象的记录文字，写作时汪先生尚且在世，想必汪先生也是知晓的。这些文字时隔多年，现在读来，还是生动的。只是一想，汪先生走了已二十年。书与人俱老，多见；书与人常在，只是说说罢了。对汪曾祺先生而言，书比人长寿。

摄影家狄源沧曾有言:“喝茶爱喝冻顶乌，看书只看汪曾祺。不是人间无佳品，稍逊一筹。”狄先生写到“稍逊一筹”就止住了，未见下文。“汪迷”苏北添上了“不过瘾”。读汪曾祺，确实是稍逊一筹不过瘾。王干大概也有这种感受。

有此感觉，只因我在看《夜读汪曾祺》一书时，常起共鸣。共鸣之余，当然更有教益。王干将自己定位为汪曾祺先生的追随者、模仿者、研究者。需要注意的是这三个身份的排序，排在第一的是追随者。因为追随所以模仿，因为模仿所以研究。

在印象记之外，《夜读汪曾祺》收录的主要是研究文章，从汪曾祺的整体价值到他的书画美学、作品的意象美学，从单篇作品《徙》《岁寒三友》《故乡的食物》《晚饭花》的研读，到汪曾祺的为人为文，再到他的美食，全书篇幅虽不多，却较为全面。有些文章的写作，在当年是具有开创性的。现在的汪曾祺研究，也多从以上几方面展开细化。本书开篇即是大手笔，论述的是汪曾祺的价值以及缘何被遮蔽。在作者看来，当代文学与现代文学之间隔着一道鸿沟，汪曾祺是填平鸿沟之人；“更重要的是汪曾祺将两个时代天衣无缝地衔接在一起，而不像其他作家在两个时代写出不同的文章来”。

有效地缝合了现代文学和当代文学的汪曾祺，在如今的文学史中的地位常常是在“还有”之列，这就是比较尴尬了。用现在的流行语说，我们可能读的是一本“假文学史”。

在谈到汪曾祺的师承时，王干以阿索林在中国的境遇来谈汪曾祺，“阿索林在中国的冷遇，说明了汪曾祺在相当一段时间内偏安一隅的境地是可以理解的”。我也是因为读汪曾祺后才开始读阿索林的，读后的感觉是阿索林在中国大概永远都不会大红大紫，就像汪曾祺深知“我的小说就发不了头条，有时还是末条”，但读者和时间将会是最好的证明。曾经大红大紫的作家，也许之后再无人问津。而“发不了头条”的汪曾祺，去世后，作品不断被出版，他的书画集甚至卖出了万元以上的高价。听说新版的《汪曾祺全集》也快出版了，这足可说明许多问题；毕竟读者是挑剔的，市场是无情的。

前几日看贾平凹的散文，见他在给彭匈的《向往和谐》写序时提到汪曾祺：“手稿还堆在案头，未来得及给彭匈去信，却听见汪曾祺老先生在北京病逝的消息，真是如雷轰顶，闷了半日。”当年汪曾祺和贾平凹参加笔会，放着大宾馆的酒席不吃，跑到街巷去吃小吃。看贾平凹这篇序的写作日期“1997 年 5 月 23 日”，那时，汪曾祺去世刚一周。如今翻看《夜读汪曾祺》，在第132页见到一帧彭匈、汪曾祺、贾平凹的合影，照片上他们都很有精神，现在贾平凹也活到了当年跟汪曾祺一起吃小吃时汪曾祺的年纪了。这是看《夜读汪曾祺》意外的收获，这样的收获在作为插图的老照片、汪曾祺书画作品中常可遇到。

像汪曾祺那样生活，是现在许多人所追求的，王干也不例外。“汪曾祺不仅改变了我的文学观念，也影响了我的生活观念”，细读王干之言，我发现自己也陷入了被汪曾祺改变之列，却也乐在其中。我读汪曾祺近十年，越读越喜欢，今后大概也会读着汪曾祺老去吧。

2017年3月17日上午，编辑部

他年轻时就那么好

我读袁可嘉翻译的叶芝诗歌《当你老了》时，常想起的是汪曾祺及其文章和对他的研究。对汪曾祺的阅读和研究，只有不多的人“爱你青春欢畅的时辰”，更多人的是“爱你衰老了的脸上痛苦的皱纹”。

我的这种比喻可能不恰当，但意思应该是清楚的：很多人喜欢看晚年汪曾祺作品，对这一阶段的研究，成果也很丰富。相比之下，对他早期作品的阅读和研究，就差得多了；主要原因可能是汪曾祺早期作品难以见及，君不见1998年出版的《汪曾祺全集》，收录的早期作品就非常有限，大多数的作品还流落在《全集》之外。但近年来，裴春芳、解志熙、苏北等人对汪曾祺早期作品搜集用功尤甚，成果也很喜人。具体的体现，就是苏北集众人研究所得，选编、出版了《汪曾祺早期逸文》。

业已成名的作家，大多都会悔其少作。豁达如汪曾祺也不例外。他说：“我对自己的少作是羞愧的。”

但细读《汪曾祺早期逸文》中的诗歌、散文和小说，可以看出汪曾祺早期文章已经写得比较自在了，这些作品展示了作者对语言的敏感、对色彩的痴迷。汪曾祺终其一生，保持着这种敏感和痴迷，真不容易。再联想到他 1947 年 7 月 16 日发表的《膰与旌》，便大致可明白其中的一些缘由了。《膰与旌》算是一篇文论，阐述了他早期的文艺思想。对汪曾祺的研究，这是一篇很值得注意的作品。

汪曾祺六十岁后创作的许多小说散文，都能在他二十多岁的作品中看到雏形，或者如同早年埋下的种子，只为晚年来开花结硕果。汪曾祺不写日记，六七十岁写文章时，这些早期作品，他手头也多未留存。这说明其中所写的都是他记忆极为深刻的部分。譬如 1946 年创作的《街上的孩子》里写到的二十多个祈雨的孩子和那个在关金券上系绳子的孩子，就一直深埋于他记忆深处，经过几十年的发酵，终于又出现在他的小说中了。汪曾祺写作都是先打好腹稿，坐在沙发上构思，一动不动地坐着。说是在构思，更不如说是在回忆，回忆从小生活的高邮，生活了七年的昆明，回忆生活过的张家口……

你看他，二十一岁写诗时有落款“昆明雨季开始的时候”。昆明的雨，他留意了几十年，再看《昆明的雨》，也就不奇怪了。他二十多岁对草木就格外关注，待重新拿起笔来写作时，给朱德熙写信，附的就有关于草木的文章。汪曾祺的创作，自始至终，一脉相承。只是，对他早期作品研究得还远远不够。《汪曾祺早期逸文》附录的芳菲、李光荣、解志熙、苏北等人的研究文章，对我来说都是解惑之文，尤其解志熙的《出色的起点——汪曾祺早期作品校读札记》，对汪曾祺早期作品的分析以及对晚年作品的影响等论述，让我备受教益。只是奇怪书中为何没把裴春芳的《雅致的恣肆与生命的沉酣——汪曾祺早期佚文校读札记》也一同附录。

现在的人大多喜欢讨论六十岁以后的“汪老”，却忽略了“汪老”也有“小汪”的时候。恰如《汪曾祺早期逸文》附录的芳菲文章所言：“大家忽略了汪曾祺也曾年轻过，要学也应该学二十六岁的汪曾祺啊。那种静穆与血性的密集交织。”

你看他写《昆明草木》，有一点年轻人的俏皮，这种俏皮到了六十岁以后，就是冲淡。这样的感觉，在对比着读他早年和晚年的小说时，更明显。

前几年，我看汪曾祺的《天山行色·伊犁闻鸠》，就奇怪于他对斑鸠叫声的关注，在短短的文章中，提及他生活过的地方，都会自然地和鸠声相关联：

> 我的童年的鸠声啊。

昆明似乎应该有斑鸠，然而我没有听鸠的印象。

上海没有斑鸠。

我在北京住了多年，没有听过斑鸠叫。

张家口没有斑鸠。

我在伊犁，在祖国的西北边疆，听见斑鸠叫了。

斑鸠的叫声真让当时六十二岁的汪曾祺高兴。然而，看《汪曾祺早期逸文》时发现，早在1947年的作品《飞的》里，汪曾祺就对斑鸠格外关注，1948年他还发表过一篇题名《斑鸠》的文章。难怪三十多年后，汪曾祺行走到了伊犁，在住的宾馆院子里听到斑鸠叫声，会不自觉地引发乡思。这乡思，思的是他住过的高邮、昆明、上海、张家口、北京……

1943年，汪曾祺二十三岁，他在《〈烧花集〉题记》中如此写道："我本有志于说故事，不知甚么时候想起可以用这种文体作故事引子，一时怕不会放弃。"这种文体是散文，他晚年说自己写散文是搂草打兔子，果然如他所言，一时怕不会放弃，这"一时"就是一辈子。

正如苏北所言，汪曾祺大量早期逸文的发现，文学价值不可低估，因为这些材料是兼具文献性和颠覆性的。读他的这些早期作品，写得那么好。原来，他年轻时就那么好。

2017年3月2日下午，编辑部

你好，汪曾祺先生

汪曾祺1997年去世后，他的故友、读者撰文悼念者甚多。十年后的2007年，山东画报出版社出版了《你好，汪曾祺》，所收皆是有关汪曾祺的文章。作者有黄裳、林斤澜、巫宁坤、范用、邓友梅、王安忆、铁凝、贾平凹等，他们多是汪先生的老友和同学、同事。当然也少不了他的读者和教过的学生的文章；许多文章都称得上汪曾祺研究的第一手资料。

又过了十年——2017年，《你好，汪曾祺》在坊间已是一书难求。在孔夫子旧书网上，卖价炒得甚高。原因无他，二十年过去了，喜欢读汪曾祺文章的人不仅没有减少，反而越来越多，像《你好，汪曾祺》这样收录比较齐全的回忆文章集，“汪迷”们自是不会放过。当年的“汪迷”得以在本书出版伊始就能携一册两册置于书斋时常翻阅。而如我这般新读者，许多时候也只能知书兴叹。后来友人发了一份电子扫描本，我存在电脑里，当资料时常查阅。

也是在2017年，因一篇有关汪曾祺的拙文，结识了《你好，汪曾祺》的编者之一，比我资深得多的“汪迷”段春娟女士。我手边常翻的山东画报出版社《五味》《汪曾祺：文与画》等汪曾祺系列作品，也是由段春娟编辑出版。承段老师雅意，寄赠了一册《你好，汪曾祺》，一收到就埋头阅读起来。看纸质书，到底比看电子扫描本有感觉得多，看得也更细致。我看的时候，忍不住脱口而出：“你好，汪曾祺先生。”（或许概因汪先生在《钓鱼的医生》一文的结尾来了一句：“你好，王淡人先生。”）

《你好，汪曾祺》中的文章，都是饱含感情的文章；从各个角度记录了一个真实的、立体的汪曾祺，一个从作品中走出来站在读者面前的汪曾祺。这个汪曾祺背有点弯，被后辈笑称为“弯老”，正如编者在《编后记》中写道：

> 十年过去了，好像汪曾祺并没有离开，许许多多热爱他、喜欢他的人依然生活在他的世界中，以自己的方式与他交流着，就像经常相遇的老朋友，见了面打声招呼：“你好，汪曾祺！”那么亲切，那么自然。

——真是这样。我开始集中阅读汪曾祺还是近十年的事，每次看他的书，如见老朋友。读者凸凹在《爱读汪曾祺》中说：“汪老的文章是我生命的一部分。”“长官不待见我的时候，读两页汪曾祺，便感到人家待见不待见有屁用；辣妻欺我的时候，读两页汪曾祺，便心地释然，任性由她。”凸凹之言，大概说出了许多读者的心声。这从《你好，汪曾祺》收入的苏北、乌人、陆建华、金实秋等人文章中都可以看出来。

此外，有些文章记录的汪曾祺的观点也值得留意，这些观点是汪曾祺自己作品未有的，却通过别人之口得以留存。1987年，汪曾祺在香港和作家舒非有过接触。在谈到张爱玲时，汪曾祺说："国内长期不提是不对的，不过，海外也捧得太高了。"这话在三十多年后听来，依旧是清醒之言。关于书评，李春林在《"英年早逝"的汪曾祺先生》中也记下了汪先生的精彩之言——"为别人的书写书评就像挠痒痒，上面一点，下面一点，左面一点，右面一点，真正挠到痒处着实不易"。

汪曾祺、林斤澜、邓友梅三人常结伴而游，近至京郊，远至新疆伊犁的大草原。书中收了林斤澜的《终年纪》、邓友梅的《漫忆汪曾祺》，有细节，有史料，都很值得研究者注意。从汪曾祺京剧院的同事杨毓民的《汪曾祺的编剧生涯》中，我们知道了编剧汪曾祺；从汪曾祺西南联大的同学巫宁坤的《往事回思如细雨》中，我们看到了大学生汪曾祺；从汪曾祺在上海教过的学生张希至的《我的初中老师——汪曾祺》中，我们认识了中学老师汪曾祺……关于汪曾祺生命的最后时刻以及他的死，马识途的《想念汪曾祺》、林斤澜的《终年纪》、杨乔的《我的邻居——汪曾祺》等文章都做了记录，让人看得心痛不已。一个可爱的“老头儿”，就那么与世长辞了。幸好他还留下了“文与画”。

现在，汪曾祺的各种各样作品集占据着书店的书架，畅销不衰。在看《你好，汪曾祺》时，不免多想，越来越“热闹”的汪曾祺，我们真的读懂了吗？

2018年7月29日晚，夜班时写于编辑部

京派文学视角下的汪曾祺研究

在笔者多年阅读汪曾祺过程中，感觉汪曾祺真是一个难以归类的作家，他在中国现代文学和当代文学中都占有一席之地。多年来，关于汪曾祺的《受戒》及之后的作品研究较多；但近年来的汪曾祺研究，领域正在不断地扩大，汪曾祺早期作品被不断地发现和研究，可以想见这方面的成果将很值得期待。

说汪曾祺“难以归类”并不是说就不能归类。汪曾祺自己在文章中就曾谈到过这个问题。在作于 1988 年的散文《西南联大中文系》中，他这样写道：“如果说西南联大中文系有一点什么‘派’，那就只能说是‘京派’。西南联大有一本《大一国文》，是各系共同必修。这本书编得很有倾向性。”汪曾祺认为这是“一本‘京派’国文”。所以当严家炎把他算作最后一个“京派”时，汪先生便认为这跟他读过西南联大有关，“甚至是和这本《大一国文》有点关系”，因为这是他“走上文学道路的一本启蒙的书”。

基于此，当我得知学者方星霞将汪曾祺纳入文学史的视野，并放在京派文学这个背景下进行研究，写成了《京派的承传与超越：汪曾祺小说研究》（南京大学出版社 2016 年 7 月版）一书后，便赶紧找来拜读。读后，对我的启发很大。

要研究汪曾祺的小说，从京派这个角度来展开，确实是首选的研究视角。尤其方星霞对京派文学还多有研究，所以写起京派中的汪曾祺来，真是得心应手。方星霞认为把汪曾祺及其小说置于整个文学史中去考量，从京派的角度来研读汪曾祺的小说是颇有深意的，因为只有从这一点切入，才能反映其作品的文学史意义。反过来看，也只有这样才能更深入地了解汪氏的作品。《京派的承传与超越：汪曾祺小说研究》一书即是在为汪曾祺作品的文学史意义正名。

方星霞从汪曾祺小说的精神面貌、思想内容、艺术特色等几个方面来探索汪曾祺五十多年里的创作成就和得失，梳理汪曾祺小说中的思想内容和艺术风貌，并进一步分析汪曾祺对京派的承传和超越，从而评价汪曾祺在当代文学史上的价值和位置。作者不是以编年的方式从汪曾祺的创作历程出发展开研究，而是从给汪曾祺带来卓越声名的《受戒》着手，继而引入对京派历史和主要成员的简述。在全书中，对京派历史、作品、作家以及风格的梳理，虽仅占了很少的篇幅，但细读就会发现作者对京派文学的用功之深，也显示出作者广阔的视野、敏锐的洞察力以及娴熟的综述能力。

对京派历史的简介，是为了把汪曾祺纳入京派的范畴做更深入的分析和研究。在《汪曾祺：最后一个京派作家》一节中，方星霞有理有据地详述了汪曾祺与京派不可分割的关系。不过除了作者谈到的例证外，我认为至少还有两则第一手材料不得不提，这两则材料都是汪曾祺的书简。在书简中，汪曾祺都很直接地谈到了他对京派的看法。1989 年 8 月 17 日汪曾祺在回复解志熙的信中说：

> “京派”是个含糊不清的概念。当时提“京派”是和“海派”相对立的。严家炎先生写《流派文学史》时征求过我的意见，说把我算作最后的“京派”，问我同意不同意，我笑笑说：“可以吧。”但从文学主张、文学方法上说，“京派”实无共同特点。

认为京派是个含糊不清的概念的汪曾祺，在差不多两年后，观点有所改变。改变是从看了始编于 1987 年，出版于 1990 年的《京派小说选》后开始的，这本书的《前言》对汪曾祺的触动很大。在 1991 年 2 月 22 日写给《京派小说选》编者吴福辉的信中，汪曾祺说：

> 读了你的前言，才对这个概念所包含的内容有一个清晰的理解，才肯定“京派”确实是一个派。这些作家虽然并无组织上的联系，有一些甚至彼此之间从未谋面，但他们在写作态度和艺术追求上确有共同的东西……

汪曾祺的这封信对吴福辉是个莫大的鼓励。在近二十年后，吴福辉发表了《汪曾祺坦然欣然自认属于京派》一文（见《现代中文学刊》2011 年第 2 期），完整地披露了汪曾祺的这封信。

应该说汪曾祺致解志熙、吴福辉的书简，是谈论汪曾祺与京派的关系以及对京派的承传和超越十分重要的材料。有汪先生本人之言，应更可增加说服力。可惜的是，本书作者方星霞好像未留意到，不能不说是本书的遗憾。

分析汪曾祺小说的人文精神、叙事魅力以及对京派的承传和超越是方星霞著作的重点，也是其学术造诣的体现所在。应该说，目前对汪曾祺的研究主要集中在对其作品语言特色、叙述视角、文体风格、人物研究等方面。方星霞在这些方面自然也有精深的分析，且有不少观点值得注意。在对汪曾祺人文精神的探索、奠定、巩固三个阶段的细致分析，对汪曾祺小说语言的深入解剖和归纳等方面，都展示出了作者扎实的理论素养和精细的文本分析能力。阅读这些章节时，许多分析真是于我心有戚戚焉，让我受教颇多。

自然，本书对汪曾祺作品的分析，也偏重上世纪80年代以后的作品，其实汪曾祺早年的作品在京派这个背景下，也很值得分析。早在1987年，上海文艺出版社出版钱理群、吴福辉、温儒敏等合著的《中国现代文学三十年》，其中《抗战胜利后京派的复出》一节就对汪曾祺的文学创作做过论述。虽然方星霞对汪曾祺上世纪40年代的作品有所涉及并论述，但如果能对汪曾祺早期作品的京味做更为详细深入的分析，那恐怕就更完善了。

方星霞在谈到汪曾祺对京派的超越时，还深入到文学史的发展中，探究京派到底是以怎样一种形式转化，以致最终消失的。作者通过梳理，对汪曾祺新时期小说在文学史上的意义有了比较明确的认识。尽管这种认识似有商榷的余地，但这本《京派的承传与超越：汪曾祺小说研究》在汪曾祺的研究以及京派文学研究中，确实是非常值得注意并必将占有一席之地的作品。

2017年1月30日夜中苑初稿，31日在编辑部修改

一弯流水和白云一片

书是友人从北京买后寄过来的，一同寄到的还有汪曾祺先生的其他七八本书。彼时正是初夏，心想，这个夏天的解暑良药，来得正好。

说来也巧，那么多本汪先生的书，我第一眼就挑中了这册《汪曾祺：文与画》。殊不知，一看就放不下了，薄薄一百多页，竟看了一个多星期。看完第一遍还觉得不过瘾，便又从后往前看了起来。翻了两遍，心里还是空落落的。我是一个字、一个字地抠着读的，那缺的又是什么呢？

回过头来又瞅了一眼封面——哦，对了，是书中汪先生的那些画。这是本图文并茂的好书，之前光顾着文字了，书中的画还没好好琢磨琢磨呢。于是有了三读《汪曾祺：文与画》。

汪曾祺作文，向来不拘束，没有套路，感觉像是天马行空，随性而为，但却又鲜有废话。他说小说不宜点题，但其散文、小说的字字句句，却又无不是为主题服务。或许这就是作者所谓的“创作的随意性”。虽然他谈的是写书作画，但于为文之道，更是如此。《自报家门》《我的父亲》《谈谈风俗画》《随遇而安》《自得其乐》等篇，无不如此。你把单独的句子，一句句地拆开了读，感觉平淡无奇，宛如清汤寡水，让人食趣全无。但就是这些个寡淡的句子一旦连起来，一下子就于无路处现出了奇景，让你不得不惊奇于汉字的奇妙和作者的鬼斧神工，读到此处，我辈也只有羡慕的份了。

事实上，关于这一点，汪曾祺在一些篇章中说得更是明白透彻。他说，语言的美不在一个一个句子，而在句与句之间的关系。语言像水，是不能切割的。一篇作品的语言，是一个有机的整体。读着汪先生的文，再想想他的这些创作论，把文章写出如此境界也便不足为奇了。汪曾祺的文化积淀，使得他的文章宛如一股清泉，静静地流淌着，终于流到了西域的夏天。所谓炎热，早已被泉水冲得荡然无存了。

另外一方面，汪曾祺散文的谋篇布局也很值得称道。他给自己的要求是“譬如一弯流水，曲折流去，不断向前，又时时回顾，才能生动多姿”。收入《汪曾祺：文与画》中的诸多篇幅，更是个中佳作。

汪曾祺的文章除了他独特的语言魅力外，还常常能显出画面感来，或许这和他从小立志想做个画家有关。《汪曾祺：文与画》中，除了收录汪曾祺的美文外，还代表性地选入了百余幅汪先生的书画。细细摩挲，却不想喜从画中来。

我知道汪曾祺先生曾于1982年到过新疆以及我现在所居的伊犁，同行的有林斤澜、邓友梅等人。汪曾祺此行后，在回去的路上写下了篇幅不短的《天山行色》，其中大部分笔墨更是留给了伊犁。

本以为，关于伊犁的作品汪先生仅留下了这一篇，没想到本书收录的汪先生的书画中有两幅也是以伊犁为主题或背景的，这从他题画的文字就可以看出来：

一幅是作于1992年的《蓼花无穗不垂头》，汪先生在画上题道："昔在伊犁见伊犁河边长蓼花，甚喜。喜伊犁亦有蓼花，喜伊犁有水也。我到伊犁在一九八二年，距今十年矣。曾祺记。"

另一幅作于1996年，原画无题，却有一段关于伊犁的题字："林则徐充军伊犁，后赦归至河南，督治河工，离伊犁时有诗句云：格登山色伊江水，回首依依勒马看。此画伊犁河所见。我到新疆在一九八二年，距今十四年矣。一九九六年秋，曾祺记。"

汪曾祺那时到伊犁，一路上也经历不少曲折，吃了不少苦，但看得出来，十几年过去了，汪先生对曾经偶然去到的伊犁还是常常怀念的。

汪曾祺在《书画自娱》中说，他的画画，是“遣兴而已”，那些画，也仅仅“只是白云一片而已”。但这片白云了不得呀，它飘逸自如，酣畅潇洒，辽阔的天空由于这片白云的存在，顿时增色不少。

这个夏日，因为汪曾祺先生的一弯流水和一片白云，便不觉得酷暑如何难耐了。何况还能带来意外的惊喜呢。

2011 年 6 月 25 日

第三辑　新沏清茶饭后烟

也写书评也作序

2019 年第 6 期《收获》杂志刊发了作家黑孩的长篇小说《惠比寿花园广场》。我在看这部长篇时，首先想到的是汪曾祺。我知道有作家黑孩其人，就是通过汪曾祺的作品《正索解人不得》，这是黑孩小说集《夕阳又在西逝》的代序。

1991 年汪曾祺写此文时，黑孩二十八岁，正值她去日本生活前夕，所以文章结尾两段汪曾祺各写了一句“黑孩，一路平安！”让人印象深刻。或如当初汪曾祺所言的:“黑孩的生活的路和文学的路都还很长。”如今，二十八年过去了，黑孩为读者奉献了长篇新作《惠比寿花园广场》。

时隔多年，我们重看《正索解人不得》，还能感受到汪曾祺在写作时的真诚和良苦用心。不仅是给黑孩写序，给其他许多人的序他也写得很用心，如他自己所言的，“写序，要对作者负责，对读者负责，当然，也对我自己负责”。

七十岁时，汪曾祺写了一首自寿诗《七十书怀出律不改》，其中的“也写书评也作序”完全是纪实。在汪曾祺的创作中，序言、评论文章占据的比例并不小，在新版《汪曾祺全集》中就独占了两册。目前，我们所能看到他写的第一篇序是1981年4月22日为《汪曾祺短篇小说选》创作的自序。这是一篇中规中矩的“自序”，介绍自己的写作历程，谈自己的小说观。两年多以后，他为短篇小说集《晚饭花集》写了自序，这也是他的第二篇序言。

汪曾祺生前出版的著作中，序多是自己写就。他的很多自序谈的都是他的文艺观，观点几十年间几乎没变过。汪曾祺的诸多自序中最短的一篇大概就是给陕西人民出版社出版的《中国当代名人随笔·汪曾祺卷》写的序了，在序中只是列出了几个“不选”。这样的文字是“序”吗？是的。

翻《汪曾祺全集》发现，他给别人写序，都在“成名”以后，第一次为他人著作写序是在1985年11月1日，是给何立伟的小说集《小城无故事》写的。写这个序，汪曾祺花了两天的时间。

尽管有时候，他认为有些序写得实在不好，“属于鲁迅所说的写不出来硬写”，但汪曾祺写起来尽心尽力，用自己本当休息的时间阅读、写序，用本该创作自己作品的时间来为年轻人摇旗呐喊，汪曾祺认为都是值得的。汪曾祺不仅给散文集写序，给小说写序，还给书法集写序。汪曾祺是懂书法的，自己的字写得也很不错，所以他的《〈成汉飚书法集〉序》虽然写得短，但写得很好，并提出了“写隶书，文须有汉魏韵味”的看法。他还给摄影集写序大谈胡同文化，当得上是“学者散文”。汪曾祺对京剧深有研究，编剧多年，为徐城北的《中国京剧》写起序来，得心应手。

1985 年以后，汪曾祺的自序和给他人写的序，渐渐多起来，直至成为他自己说的“写序专业户”。汪曾祺的家人说他写序定有“四项基本原则”，即便如此，1992 年还是写了 9 篇序，1993 年也至少写了 8 篇。汪曾祺写序，尤其是给他人所作的序，其实多是应酬之文，但汪曾祺写得很真诚，都是将作品看过之后再下笔，有些作品甚至看过几遍。他写的序，多是紧扣主题，而不是顾左右而言他地东拉西扯成文。汪曾祺在序言中甚至说：“请相信一个从事写作半个世纪，今年已经七十二岁的老人的诚意。”

请他写序的青年朋友们，后来在文章中说起，多是温情和感动。作家苏北就在文章中记录他请汪曾祺为他和朋友的合集写序的事：“我大着胆子给汪先生写了一封信，没想我很快就收到汪先生的回信。”即便汪曾祺“很怕给人写序”，认为“每一次写序，对我说起来，都是一次冒险”，同样的话，在给何立伟写序时也说过，但一到为年轻人作序、写评论这件事上，汪曾祺就变得义不容辞起来：“为年轻人写序，为他们鸣锣开道，我以为是应该的，值得的。”

他为徐卓人的小说集《你先去彼岸》写了一篇《日子就这么过来了》的序，其实就是一篇上好的书评。徐卓人是汪曾祺的江苏老乡，这篇序写于 1992 年 3 月。1993 年，徐卓人加入中国作家协会，汪曾祺是她的推荐、介绍人之一。汪曾祺写的推荐词，我是在张建林的《汪迷徐卓人》中看到的：“作品多表现江南水乡生活，满纸泥香水气，很有特点。文笔清秀可读。作者在语言上探索，而且解决了一个吴语地区作家不易解决的问题：即普通话和吴语的融合。据我所知，能使语言为全国读者接受，而又保存吴语的韵味如徐卓人者，尚属少见。故愿介绍她入会。”这段文字现在在新版《汪曾祺全集》中可以看到。

汪曾祺还给徐卓人送过画，画的是一只鸟在树枝上，并有题款：“笨鸟先飞。卓人屡称自己很笨，画此以赠。癸酉正月汪曾祺。”1997 年，徐卓人在四川民族出版社出版了《卓人随笔》，封面印的就是汪曾祺这幅画；在书中，还印了一帧作者 1992 年春天和汪曾祺在北京的合影；另外，又收入了好几篇写汪曾祺的文章。为此，我还专门在网上买了一本《卓人随笔》。

如《日子就这么过来了》一样，汪曾祺的有些序言，就是很好的书评。

汪曾祺的书评写作早在1944年就开始了，当时他替西南联大同学杨毓珉代写唐诗报告，汪曾祺以一篇《黑罂粟花——〈李贺诗歌编〉读后》上交，还得到了老师闻一多的称赞。这篇作品的手稿被杨毓珉一直保存了下来。

上世纪80年代初，汪曾祺为他人写评论并不多，1980年只为他的老师沈从文写过一篇《沈从文和他的〈边城〉》。再之后大概就是1984年给老友邓友梅写的《漫评〈烟壶〉》。据汪曾祺的家人说，这篇《漫评〈烟壶〉》前后花了一个多星期才写好，“整天翻来覆去地看作品，看看，想想；想想，看看……”评论老友林斤澜的“矮凳桥”系列，写得也很费劲。和写序一样，1985年以后，汪曾祺写的评论一下多了起来。

1991年，汪曾祺在参加《中国图书评论》杂志召开的书评工作座谈会发言时说：“我有时也写点儿书评之类的东西，这在很大程度上是为了年轻人。”汪曾祺是不太会拒绝人的人，所以年轻的作者写了东西，“求到了，我只能帮他们写序，愿意为他们写评论”，为的是“希望扶持他们更快地成长”。我们现在翻汪曾祺的全部作品，发现他的很多书评、评论确实是为年轻人立言：他为阿城的《棋王》写评论；写文章推荐铁凝的《孕妇和牛》；为曾明了的小说《风暴眼》写评论之外，还为她的小说集写过序；甚至对于《秋天的钟》这样连作者都不认识的作品，汪曾祺也一样写文章推荐。

汪曾祺写的许多书评都结合作家创作的特点来写，而且写得很有文学性；文学性也是汪曾祺在书评写作时的一个追求。

2020 年 1 月 25 日正月初一晚完稿于英买里村

汪曾祺新疆行路上的讲座

1982 年夏秋之际，汪曾祺、林斤澜、邓友梅三位老友在《北京文学》编辑李志的陪同下有了一趟行程近两个月的西北新疆之行。

当时的汪曾祺，《受戒》《大淖记事》等代表作已经发表，算得上是著名作家了；用他自己的话说就是“写了一些小说，引起了读者的注意”，所以走到哪里，肯定都少不了有读者见面会，有讲座、座谈，《汪曾祺全集》中就收了为数不少这方面的文章。

汪曾祺等人走了一趟大西北，至少在新疆的伊犁、乌鲁木齐，以及甘肃的兰州等地应邀作了讲座、参加了座谈。讲座、座谈的发言稿，随后不久也都发表在了当地的文学杂志上。

在伊犁，汪曾祺等人参加座谈会并发言的时间是 8 月 23 日前后。汪曾祺的发言内容经过当时组织座谈会的《伊犁河》（时为文学季刊）杂志编辑整理，以《道是无情却有情》为题发表在当年第四期上，同期发表的还有林斤澜、邓友梅的发言记录稿。《道是无情却有情》后来被汪先生收入《晚翠文谈》（浙江文艺出版社1988年3月出版）时作了细微的改动："比如《受戒》的主题是什么"改为了"比如《岁寒三友》的主题是什么"。老版《汪曾祺全集》（北京师范大学出版社出版）和新版《汪曾祺全集》（人民文学出版社出版）都收有此文。新版《汪曾祺全集》将此文放在了第九册"谈艺"卷中，并注释：

> 本篇原载《伊犁河》1982年第4期，据作者在伊犁文学座谈会上的讲话整理而成，与会者还有邓友梅、林斤澜等；初收《晚翠文谈》，浙江文艺出版社，1988年3月。

汪曾祺在乌鲁木齐讲座的题目是《回到现实主义，回到民族传统》，发表在了1983年第二期《新疆文学》上。老版《汪曾祺全集》收入了一篇同题文章，却张冠李戴地作为了此次讲座的内容。前几年，我专门就此以《汪曾祺的两篇同题文章》为题写了一篇小文（见《文汇读书周报》2016年1月11日第四版"书人茶话"），兹不赘述。如今新版《汪曾祺全集》第九册中就收有两篇《回到现实主义，回到民族传统》，注释各不相同。

距离在伊犁参加座谈近一个月后的9月17日，汪曾祺等人在兰州也应邀参加座谈。相较在伊犁时即兴成分居多的发言，汪曾祺在兰州的发言准备得就充分得多，这篇后来发表在 1983 年第一期《飞天》上题为《两栖杂述》的发言稿，是研究汪曾祺很重要的一篇文章。在此文中，汪曾祺谈小说，谈戏剧，并自言是“两栖类”。

9 月 18 日，汪曾祺、林斤澜、邓友梅等人又参加了《当代文艺思潮》编辑部组织的座谈会，并就编辑部所提出的“新时期文学与十七年文学，有无明显的区别，它的主要特点是什么？”“近两年来的文学主题是否有什么变化？为什么会发生这种变化？”“‘乡土文学’的现状？”“现代主义对新时期文学有何影响，前景如何，是否正在形成某种流派？”“是否存在乡土派与现代派的竞争？”“您比较留心哪些作家的创作动向？您有空看外国文学作品吗，近年读了哪些，印象如何？”等一系列关于“现阶段的文学”的问题作了回答，汪曾祺、林斤澜、邓友梅等人的回答内容发表在了该刊 1983 年第一期。新版《汪曾祺全集》第九册中，收录了其中汪曾祺的回答内容，这同样也是研究汪曾祺不可忽略的资料。

四天后的 9 月 22 日，在兰州，汪曾祺开始动笔写新疆之行的散文《天山行色》，至 10 月 7 日于北京写完。

2019 年 11 月 2 日晚，英买里村办公室

汪曾祺少以画名。他的写字画画，显然是从小受家庭，尤其他父亲的熏陶（熏陶的不仅仅是书画，还有喝酒抽烟）。他在《自得其乐》中对此也有说明：

> 我画画，没有真正的师承。我父亲是个画家，画写意花卉，我小时候爱看他画画，看他怎样布局（用指甲或笔杆的一头划几道印子），画花头，定枝梗，布叶，钩筋，收拾，题款，盖印。这样，我对用墨、用水、用色，略有领会。

汪曾祺不仅喜欢看他父亲的画，念初中时放学回家路上，只要有可以看看的画，他都要走过去看看。看得多了，他也会手痒画几幅。初二时，汪曾祺的一幅墨荷就被裱出后挂在学校的成绩展览室里。那时候，他没有想过以后会写戏，更不会想过会写小说，但他知道“我喜欢画画”。喜欢画画的汪曾祺，在二十几岁时写的小说《小学校的钟声》中就常有画画的情节，甚至“那张画至今还在成绩室里”。汪氏的小说多写实，所以当有人向他提起他“久不从事的东西”，他高兴之余就感慨：“我实在应当及早学画。我老觉得我在这方面的成就会比我将要投入的工作可靠得多。”

除了特殊时期画马铃薯图谱外，和文学创作一样，汪曾祺歇笔多年。后来为了排解苦闷，在“没完没了地写交待”间隙，买了一刀元书纸，“瞎抹一气，少抒郁闷，这样就一发不可收，重新拾起旧营生”。汪曾祺毕竟“童子功”扎实，在“文名”盛起后，很快又重新以画闻名。

盛名之下，每次笔会或者外出，汪曾祺都是忙人。忙着写字作画，围在身边求字求画者，实在太多了，有时甚至写、画到半夜，要知道，那时汪曾祺已经六七十岁了。弄得陪他参加活动的林斤澜、高洪波等人都看不下去，出面“赶人”。汪曾祺写书作画不索报酬。曾有读者寄去润笔费求字求画，他却将钱退回去，并附信一封、画一幅。还有一次，他给青年作家乌人写了幅有题款的条幅，乌人的朋友想买，乌人当然没有答应。后来乌人和汪曾祺说起此事，汪曾祺竟奇怪于为什么不卖：“卖了，我还可以给你写嘛。”

汪曾祺最后的字和画，都是 1997 年 5 月 11 日为青年作家、记者高蓓而作的，字是“细雨鱼儿出，微风燕子斜”，画是《丁香图》。那天，高蓓去采访汪老，见到家乡来人，汪老很是高兴，采访结束后写字、赠画，还留人吃午饭。饭是汪老做的炸酱面和几样爽口小菜。当晚，汪曾祺大吐血被送进了医院……

这幅《丁香图》后来还引起过一番波折，事见苏北的《有关汪曾祺的一次闲聊》：汪曾祺去世十周年时，高邮搞了纪念活动，汪先生的子女、高蓓和苏北都参加了活动，在回程经扬州途中，他们游了瘦西湖，在瘦西湖的一个茶楼里，高蓓展示了随身的《丁香图》，使苏北得以一睹真迹。后来苏北才知道，没过多久，高蓓的一个旧同事要借这幅画在家挂挂，碍于相识多年，高蓓没好拒绝，可是借后多日未见归还，一再催要未果后，才知这幅画被旧同事以一万块钱卖了。最终闹得对簿公堂。苏北此文写于 2015 年，不知《丁香图》近况如何。

何立伟说汪曾祺的画“如同汪先生的人，清淡，不浓烈，但内涵极深，格调上有高士气，于爽性之中暗藏了一种倔”。我不懂书画，是把汪曾祺的书画当成他文学作品的留白来看，来想象。他的孩子们在《汪曾祺书画集》的《一点说明》中也特别提到：“他的书画与他的文学作品都表达了他这个人的思想和品味，是可以互为补充的。”

汪曾祺说他的画，“也只是白云一片而已”，但他讲课也常从“这一片白云”引申开来。1989 年，《工人日报》文艺部在北京办了一个全国工人作家学习班，邀请汪曾祺去讲小小说。可能因为他不太想讲小小说，情绪不太高，三天的课一天就讲完了，余下两天讲什么呢？作家张震当时在这个班里学习，他留下了记录：“剩下两天，他跟我们讲画画，讲文学与绘画的关系，讲八大山人的画与诗，讲大涤子石涛的画与跋。他讲得异常投入，但很多同学听后都面面相觑，小声嘀咕：我们是文学培训还是美术培训？”——哈哈，这个汪曾祺。

文学和绘画这个主题，汪曾祺实在太有话说了。此前在美国的爱荷华，他就作过这方面的演讲。他甚至觉得一篇小说，应该有点画意。在《自得其乐》中，他写道：“画中国画还有一种乐趣，是可以画上题诗，可寄一时意兴，抒感慨，也可以发一点牢骚。”他在《谈题画》的文章中，总结题画有“三要”：“要内容好”，“要位置得宜”，“字要写得好一些”。品读他的诸多题画，感觉都是“三要”的典范。

汪曾祺的题画都是很好的诗文。他画了一幅《金银花》，却题了一段妙文：“故园有金银花一株，自我记事，从不开花。小时不知此为何种植物。一年夏，忽开繁花无数，令人惊骇，亦不见其主何灾祥。此后每年开花，但花稍稀少耳。一九八四年六月偶忆往事，提笔写此。高邮汪曾祺记于北京。”诸如此类，还有不少。在《此松鼠乃驯养者》中，他题的是：“我的小舅舅结婚时，他的小内弟带来一只松鼠，系以银链藏在袖筒里，有时爬出来吃瓜子、嘬豆腐脑，心甚羡慕之。今忽忽近六十年矣，犹不能忘。一九八六年曾祺记。”在《蓼花无穗不垂头》上，他题有“昔在伊犁见伊犁河边长蓼花，甚喜，喜伊犁亦有蓼花，喜伊犁有水也。我到伊犁在一九八二年，距今十年矣。曾祺记”。

其他还有许多，忍不住录下几条：“后园有紫藤一架，无人管理，任其恣意攀盘而极旺茂，花盛时仰卧架下使人醺然有醉意。一九八四年五一偶忆写之。今日作画已近十幅，此为强弩之末矣。曾祺记。”“苦瓜和尚未尝画苦瓜；冬苋菜即葵，此为古人主要蔬品，滋味香滑，北人多不识。”“我家废园有大腊梅数株，每于雪后摘腊梅朵以花丝穿缀配以天竹果一二颗奉祖母插戴。”“吾乡阴城昔时时有双耳陶壶出土，乡人称之为韩瓶，谓此韩世忠士卒所用水壶，以浸梅花，可以结子。曾祺八九年十月偶写。”“昆明杨梅色如炽炭，名火炭梅，味极甜浓。雨季常有苗族小女孩叫卖，声音娇柔。”“青藤书屋尚在。屋矮小，青藤在屋外小院中，依墙盘曲，盖是后来补植。藤下有石砌小池，即天池，水颇清。曾祺记。”“我于北京种兰皆不活，友人许君自昆明致兰二种，并授以艺兰之法，亦皆简便。贵州夏蕙竟于冬令着花，喜赏一月，图此为念。一九八六年十二月十日曾祺志。”……多好的文章！忍不住都想把汪曾祺的题画辑在一起，自编个小册子赏读，也是一种“自得其乐”。

汪曾祺还有幅画，未题款，简直是江南物产汇：两节藕、芋头、荸荠、螺蛳，虾，菱角……尤其是荸荠、芋头、菱角，入画者少矣。他画画，所用颜料也是无奇不有，牙膏、青菜汁……就地取材得恰到好处。而且他给人的感觉简直是无时不可画，煮面条等水开时提笔而画；要去成都故地重游了，画上一幅，再题上一句“明日将往成都”；去了一趟电影学院，回来还在想那里种着的葫芦，第二天画一幅，不忘题上“电影学院一小院中种葫芦甚多，昨往开会归来写此”。

我在看汪先生的书画，尤其题画文字时，常想起孙犁的《书衣文录》。为什么会这样呢，值得我细思。

2018年9月9日早从村里回来始写，黄昏完于中苑

新沏清茶饭后烟

茶烟不离口，说的就是汪曾祺。他曾有诗句："新沏清茶饭后烟，自搔短发负晴暄。枝头残菊开还好，留得秋光过小年。"我初见此诗是在他的散文《自得其乐》中。后来，看他的文章多了，发现——嗨，这个老头儿真的很会"自得其乐"。如果那个年代有微信，汪曾祺大概也会经常发朋友圈，晒晒他的字画、他的美食以及抽过的烟、喝过的酒和茶。

朋友发朋友圈调侃如今的鸡汤文。我评论说："这锅鸡汤已经熬了一百年。"他回复说："你没有鸡汤，你只有家常菜汤汪曾祺。"我迅速回复曰："汪老师是茶汤。"这样的回答完全是未经思考脱口而出。说完，再细想，觉得还挺有道理。大概多年读汪曾祺，这种印象已经深入我心。

汪曾祺的散文、小说中写茶的地方实在是多。手边放着这几天在看的《汪曾祺小说选》，随手一翻，是《异秉》，其中就写到了茶：

说喝茶，他就告诉你狮峰龙井、苏州的碧螺春；云南的“烤茶”是在怎样一个罐里烤的；福建的功夫茶的茶杯比酒盅还小，就是吃了一只炖肘子，也只能喝三杯，这茶太酽了。

在《八千岁》中，吃草炉饼喝很酽的茶，也让人印象很深。然而，专门写茶的文章，在《汪曾祺全集》中还真不多，有一篇《寻常茶话》，是应袁鹰之约写就的，收在袁鹰所编《清风集》中。

文章一开始，汪先生就交代：“茶是喝的，而且喝得很勤，一天换三次叶子。每天起来第一件事，便是烧水，沏茶，但是毫不讲究。对茶叶不挑剔。青茶、绿茶、花茶、红茶、沱茶、乌龙茶，但有便喝。”“但有便喝”的汪先生，在接下来的文章中，历数他的喝茶史，连四五十年前“喝过一杯好茶”都记得真切，忍不住写了出来。我在看的时候，感觉茶味都隔着经久的岁月，溢出了纸页，让人满口生津。林斤澜说汪曾祺的文章都是酒泡出来的。但是熟悉汪曾祺文章的人都知道，茶也是功不可没的。

在《老头儿汪曾祺》一书中，女儿汪朝也专门写了汪先生喝茶：“茶也是爸须臾离不得之物。他常喝的是绿茶。红茶很少喝，花茶如是上品也喜欢。每日从早喝到晚，从不间断。晚年可能味觉不敏感了，茶越喝越酽，一天要换两遍茶叶。他虽然对茶叶有些讲究，茶具却很简陋，一个没有盖的青花瓷被捧在手里用了很多年。爸说他喝茶是小时候的熏陶。”小时候熏陶汪曾祺喝茶的是他的祖父，这在《寻常茶话》中也有提及。汪曾祺祖父生活节俭，但在喝茶上很舍得，对喝茶很考究：

> 他是喝龙井的，泡在一个深栗色的扁肚子的宜兴砂壶里，用一个细瓷小杯倒出来喝。他喝茶喝得很酽，一次要放多半壶茶叶。喝得很慢，喝一口，还得回味一下。

不仅如此，汪曾祺还这样写道：

> 他看着我的字，我的“义”，有时去另拿一个杯子，让我喝一杯他的茶。真香。从此我知道龙井好喝，我的喝茶浓酽，跟小时候的熏陶也有点关系。

也因为此，汪曾祺有时喝龙井，就会想起他的祖父。在生命最后一刻，躺在病床上，汪曾祺想喝的，也是龙井。1997 年 5 月 16 日上午，汪先生生前最后一天。他躺在病床上想喝一口茶水，但医生不让，汪先生开玩笑说：“皇恩浩荡，赏我一口吧。”医生只好勉强同意沾沾嘴唇。他赶紧对小女儿说：“给我来一杯碧绿透亮的龙井。”就在他女儿回家取茶叶时，汪先生走了。

二十几年过去，“给我来一杯碧绿透亮的龙井”，犹在耳边。

喝茶不挑剔的汪先生，抽起烟来，也不讲究。作家苏北第一次见汪曾祺那天，在日记里记下了汪先生抽烟时的样子，让人看过难忘：

> 我递给他一支烟，是我们滁州生产的长把子“红三环”，我见汪先生对烟的牌子似乎并不讲究。他接过去，我用火机给他点上，他隔着烟雾对我说……我也隔着烟雾，见汪先生陶醉得很，他吸烟抽得很深，浓浓的一大口到嘴里，憋了一会，喷出来，整张脸又没有了。

苏北写得很形象，也很真实。江苏电视台拍的纪录片《梦故乡》中有不少汪先生的镜头，在有一个片段中，汪先生便是狠吸了一口烟，然后喷出来。隔着电脑屏幕看汪先生吸烟的样子，觉得很可爱。汪先生的女儿汪明对父亲的烟瘾之大有描述：

> 每天早上起床后，衣服还没穿整齐，烟已经叼在嘴里了，思考和写作的时候，手指间永远都夹着烟，就是在厨房做菜，有时也是边切菜边抽烟，还得腾出手来掸烟灰。他不能穿好衣裳，前襟和裤子上经常烧出一个个洞来，书桌上也留着烟头烫的焦痕……搬离蒲黄榆住处的时候，我们觉得爸的房间跟其他房间不大一样，细细一看，原来是日日缭绕的烟雾已经把墙壁熏出了一个缕缕向上腾的黄褐色印迹，还很艺术。

汪曾祺十几岁就开始抽烟了，大概是源于他父亲的“熏陶”。在《多年父子成兄弟》中，他如此写道：“我十几岁就学会了抽烟喝酒。他喝酒，给我也倒一杯。抽烟，一次抽出两根，他一根我一根。他还总是先给我点上火。”汪曾祺也有抽烟斗的时候。在昆明时，困难时期居多，教授们都改用烟斗了，这在他的小说《日规》中有提及：“原来抽茄立克、555 牌香烟的教授多改成抽烟斗，抽本地出的鹿头牌的极其辛辣的烟丝。他们的 3B 烟斗的接口处多是破裂的，缠着白线。”现在，我们看汪曾祺上世纪 40 年代的照片，有几张他叼着烟斗，一派潇洒风流。光看照片，谁知道那时候经常饿得连饭都没得吃呢。

汪先生嗜酒如命，都没有专门写过一篇酒的文章，却写过一篇《烟赋》，还写过一篇《玉烟杂记》。除此之外，他的小说人物，嗜烟懂烟的真不少，《讲用》中的郝有才就是其中之一。这些文章，非资深烟民，实难写出。在诗中，他甚至写出了“宁减十年寿，不忘红塔山”之句。

平时汪老烟不离手，烟一旦离手，就坏了事。金实秋在《琐忆汪老》中提到她 1996 年 5 月去汪老家，聊天时问汪老：“还打算写汉武帝吗？”汪老说写不成了，原来是因为“一次我把烟搁在笔记本上，笔记本是塑料皮的，烧起来了，提纲在那个笔记本上”。此条掌故，是我在他处所未见过的。要知道，为了写这部长篇，汪曾祺做过很长时间的准备，苏北在文章中曾列出过汪老书房中的书，其中不少就是为写汉武帝而翻阅的。汪曾祺的《汉武帝》最终没有写出来，这也成了“文学史上的遗憾”。

现在常见一张汪老的相片，已然成了经典，大概也是被用得最多的一张，手中夹着烟在凝思；这张照片也被印在了 1998 年出版的《汪曾祺全集》各卷，独成一页。《全集》第二卷还有两张照片：一张拍摄于 1984 年，汪老右手执笔在写，左手夹着烟；一张拍摄于 1993 年，汪老一手拿着稿子翻阅，一手还夹着烟。而第四卷也有两张汪老抽烟的照片，其中一张，手中香烟“袅袅”，真是鲜活，如在眼前。

汪曾祺搬进虎坊桥新居后，金实秋去拜望他，进门时见汪老正在作画，右手提笔，左手照例夹着一支烟。一手烟，一手笔，应该是汪老的生活常态。

驻村时断续地写，2018 年 9 月 4 日下午完稿于编辑部

汪曾祺喝古井贡酒

汪曾祺是著名作家，被称为“中国最后一个士大夫”。他好酒，看过他著作的读者都知道。“每饭不离酒，香烟常在手”，就是对汪曾祺先生的形象描述。早在西南联大读书时，汪曾祺就曾“醉卧街头”，还是被他的老师沈从文等人扶回去的。在写汪曾祺的众多文章中，“好饮善饮”是不约而同的关键词。甚至金实秋直接写了一本《泡在酒里的老头儿：汪曾祺酒事广记》，用以记录汪曾祺和酒的种种故事。

作为著名白酒品牌之一的古井贡酒，好饮善饮的汪曾祺当然也不会错过。关于汪曾祺喝古井贡酒，安徽作家李平易在文章《八九年秋天，陪汪曾祺先生来徽州》有过记录。1989 年，安徽的《清明》杂志创刊十周年，《清明》杂志举办了庆祝活动，邀请了汪曾祺及其好友林斤澜来安徽，他们还去了徽州等地。此行结束后，1989 年 11 月 19 日，汪曾祺写下了安徽之行的散文《皖南一到》，发表在 1990 年第二期的《花城》上。文章中，汪老有此句：“歙县是我的老家所在。在合肥，我曾戏称我是‘寻根’来了。”

汪曾祺喝古井贡酒，就是在“寻根”期间。活动结束回北京时，汪曾祺还想把前一晚没喝完的古井贡酒带回去。李平易在文章中如是写：“几个年轻人送他们上了飞机，汪老口袋里还插着头一晚没有喝完的半瓶古井贡，对我来说也算是松了口气，总算没有出事。”但这半瓶古井贡酒终究没有带回北京：“原来那天合肥的天气状况不适宜于飞机降落，小飞机在合肥上空转了几圈后，又遵命飞回来了。按规矩他们可以免费食宿。但是两位老人揣着那半瓶古井贡，又到街上的小酒店‘来点儿毛豆腐，臭豆腐’，再当了一回食客。”

古井贡酒，汪曾祺应该经常喝的。作家、记者丁宗皓在《关于年轻》中就曾写过汪曾祺喝古井贡酒的情景：“我有幸看过汪曾祺老先生喝酒，他喜欢喝白酒，古井贡酒是其中一种。先生将酒瓶放在自己手边，用小杯一杯杯喝着，异常陶醉。每杯沾唇，啧然有声。”

汪曾祺不仅自己喝古井贡酒，在北京的家中还用古井贡酒招待客人。丁宗皓就被汪老用古井贡酒招待过，事见他的《还是文化人那点事儿》。1995 年春天，丁宗皓跟随《当代作家评论》杂志主编林建法到北京拜访汪曾祺先生，“吃饭的时候，我才放松了一点，因为汪老拿出一瓶古井贡酒，笑眯眯地问我们是否要喝一点，我们摇头。于是汪老不再问，自己一杯接一杯喝起来……”

古井贡酒在汪曾祺先生心中是“好酒”，他不仅自己喝，还招待来客喝，更在作品中“点名”。在小说《吃饭——当代野人》中，汪曾祺写道：“快过年了。他儿子给他买了两瓶好酒，一瓶‘古井贡’，一瓶‘五粮液’，他儿子的工作问题解决了，他学会开车，在一个公司当司机，有了稳定的收入。”这不经意的一笔，更是说明了作者对“两瓶好酒”的看中。因为熟悉汪先生作品之人都知道，他的写作是深思熟虑后再下笔的。

2018 年 8 月 16 日下午

汪曾祺的笔名

在汪曾祺五十多年的创作历程中，绝大多数时候用“汪曾祺”的本名发表作品，但偶尔也用笔名发一些作品。这些作品有小说、散文、诗歌、民间文学评论等，涵盖了汪曾祺创作的诸多文体的大部分。1998年出版的《汪曾祺全集》，篇末基本只注明写作年月日或发表时的报刊及出版年月，对用笔名发表的作品，都没有做明确而详细的标注。好在随着汪曾祺研究的深入，《汪曾祺小说全编》（人民文学出版社，2016年5月）、徐强编著的《人间送小温——汪曾祺年谱》（广陵书社，2016年7月）、苏北选编的《汪曾祺早期逸文》（安徽文艺出版社，2016年11月），以及裴春芳、解志熙等人的研究，为我们极大地拓展了研究汪曾祺的视野。

汪曾祺较多地用笔名发表作品，主要有两个时期。一是在他创作初期，作品多见于昆明的《中央日报》、上海的《文汇报》、天津的《益世报》等。那时，汪曾祺发表诗歌，除了用本名外，昆明《中央日报》1941 年 11 月 16 日发表的《文明街》、1941 年 11 月 24 日发表的《落叶松》，用的就是“汪若园”的笔名。小说《匹夫》是 1941 年 8 月 31 日、9 月 6 日、9 月 7 日、9 月 8 日、9 月 9 日、9 月 25 日分六次连载的，汪曾祺用的笔名是“西门鱼”。而就在一个多月前，1941 年 7 月 27 日、29 日《中央日报》刚分两次发表了他的小说《河上》，用的也是“西门鱼”这个笔名。《中央日报》对这位才二十一岁的年轻作者真是厚爱。现在的报纸，能做到如此的，大概很少了。

《中央日报》1941 年 12 月 8 日、12 月 21 日分两次刊发了署名“郎画廊”的小说《疗养院》。这篇文章，在《汪曾祺全集》中未收，《汪曾祺早期逸文》中也未见。《汪曾祺小说全编》是人民文学出版社作为新版《汪曾祺全集》小说卷出版的，也未收这篇作品。这个笔名，在目前所见的汪曾祺作品中，未见用过，想来是否为汪曾祺之作，还有待进一步考证。

不过裴春芳研究认为，“郎画廊”就是汪曾祺的笔名。所以在由她辑校、发表于 2014 年第 8 期《上海文学》上的《汪曾祺佚文（九篇）》中便收入了这篇《疗养院》。在注释中，裴春芳写道：

据《匹夫》第四节“方寸之木，高于城楼——谨以此章献与常以破落的贵族的心情娱乐自己（即别人）的郎化廊先生”，可以推测，“郎画廊”是汪曾祺的一个笔名。

《上海文学》同期还发表了裴春芳的长文《雅致的恣肆与生命的沉酣——汪曾祺早期佚文校读札记》，这是对汪曾祺早期部分佚文的考证，值得注意。徐强在《人间送小温——汪曾祺年谱》中，也认为“郎画廊”是汪曾祺的笔名。细读《疗养院》，其中有不少汪曾祺的影子，我也认为这应当是他的作品。

同在 1941 年，汪曾祺还用“西门鱼”之名在上海的《文汇报》上发表过散文《飞的》。五年后，1946 年的下半年，汪曾祺已经离开昆明开始在上海生活，作品也多发在《文汇报》上，也多署本名。不过 1946 年 12 月 27 日刊发的《昆明草木》，用的却是“方栢臣”之名。这个笔名，汪曾祺似乎只用过这一次。

以上是汪曾祺用笔名的第一个高峰期。第二个高峰期是在写关于民间文学作品和戏剧作品时，用的笔名也有好几个，应该还有未发现的笔名。

1955 年 5 月号的《民间文学》上刊登了经汪曾祺修改的彝族传说《阿龙寻父》（由朱叶整理），署名“曾芪”。同年，《民间文学》12 月号上刊登的傈僳族长歌《逃婚调》，汪曾祺是三个整理人之一，刊发时用的仍是笔名“曾芪”，后来这首长歌由作家出版社1958年出版，整理人之一还是“曾芪”。汪曾祺以“曾芪”之名整理的民间文学还有《鲁班故事》等。1958年6月号《民间文学》上有一篇《关于“路永修快板抄”》，署名“曾蓍”，这也汪曾祺的笔名。后来这篇文章收在了《汪曾祺全集》第八卷中的。直至1980年，汪曾祺还以“曾岐”的笔名在北京京剧院院刊《京剧艺术》上写“负隅常谈”专栏。

考察汪曾祺用笔名的两个高峰期，大约也都是各有因由。青年时期，要么是穷学生，要么是刚走上社会，生活也无着落，稿费应该是比较重要的收入来源，为了增加“见报率”，用几个笔名，也是不得已而为之。后来编《民间文学》、当编剧时，有些工作文章，又不好不写，便多以“曾祺”的谐音来定笔名，熟悉之人，也多心知肚明。当然，这都是笔者的猜测，一家之言。后来看他1985年回复《中国现代文学史资料汇编》编委会的信函，才知果真是我的“一家之言”。汪先生在信中说：“解放后在我经受某种审查，不便用真名发表作品时，曾用过‘曾岐’‘曾蓍’的笔名。”

汪曾祺的诸多笔名，像汪若园、西门鱼、方栢臣等都不像是信手所取，应该有其他深意，如作考证，也是有意思的。

2017年2月20日，编辑部

汪曾祺被退稿

1946年，汪曾祺到了上海，因为找不到工作，情绪坏得很，他的老师沈从文知道后写信把他骂了一顿：“为了一时的困难，就这样哭哭啼啼的，甚至想到要自杀，真是没出息！你手中有一枝笔，怕什么！”后来，汪曾祺果然振作起来，写了一些作品，他的第一本短篇小说集《邂逅集》也于1949年4月由上海文化生活出版社出版了，这是巴金主编的“文学丛刊”之一。

断断续续停笔多年后，1980年8月12日，汪曾祺写了一篇影响终身的小说《受戒》，刊于当年的《北京文学》第10期上，这是一期小说专号。这篇用两个上午写完的短篇小说，为汪曾祺带来了很大的声名。三个月后，江苏的《雨花》杂志1981年第1期刊发了汪曾祺重写于1980年5月20日的短篇小说《异秉》。一连数篇作品，让汪曾祺犹如一个“新人”横空出世，然而实则是“文物”重新“出土”。

汪曾祺就这样成了著名的“老作家”。在那个年代，即便是著名作家，也避免不了被退稿的命运。现在收在1998年北京师范大学出版社出版的《汪曾祺全集》第三卷中的散文《关于葡萄》，我第一次是从一本散文选中看到的，读时真是惊为天人，后来通读汪先生的全集，愈发觉得这是一篇在他众多散文中，也算得上独树一帜的名篇佳作；尤其是其中《葡萄月令》一节，真是好得不能再好了。但这篇《关于葡萄》却是一篇被退过稿的作品。这是后来看《老头儿汪曾祺——我们眼中的父亲》一书时知道的。

据汪曾祺的女儿汪明在书中说，汪曾祺当时写完这篇文章，“他自己的得意之色已浮在脸上，说看哪家刊物运气好，谁先来就给谁”。后来，他认识近四十年的朋友单复来访，并表达了代表东北某家杂志社约稿的意图，汪曾祺便十分郑重地将《关于葡萄》交给了老朋友。没想到，不久后一封来自东北的挂号信把文章还了回来，并附了退稿信。汪先生虽感意外，却也未作计较，只是说：“他们只是没看懂。本来萝卜青菜各有所爱，没有必要说三道四。”反而为没能完成老朋友的托付而感到遗憾。——你看，汪先生就是如此厚道，一点“大牌”意识都没有。不久后，《关于葡萄》发表在《安徽文学》1981年第12期上。

这不是汪曾祺唯一的被退稿经历。1982年2月22日，汪曾祺在写给陆建华的信中就谈到他的《故乡水》被《人民日报》

退稿的事。查《汪曾祺全集》，第三卷收了一篇《故乡水》，文后标注“载一九八五年第二期《中国》”。但看文章开篇，第一句（也是第一段）就是“这是三年前的事了”。查《汪曾祺年谱》，他回到阔别几十年的故乡高邮是 1981 年 10 月、11 月的事。结合文章开头可以得知，这篇《故乡水》应该是写于 1984 年的作品。被《人民日报》退稿的《故乡水》是不是另一篇同题文章呢，抑或 1984 年汪曾祺重写了被退稿的文章？

此外，汪曾祺还有给《北京晚报》投稿未发的经历。1989 年 4 月 24 日，汪曾祺在方荣翔去世第三天写了篇纪念短文寄给《北京晚报》，直至当年 10 月 10 日致信方荣翔之子方立民时，还未见刊出。汪先生在信中提及了此事。《汪曾祺全集》中只收入了一篇纪念方荣翔的文章，是收在第四卷中的《艺术和人品》，这篇文章写于 1989 年 12 月 25 日，后来发表在 1990 年第 3 期《读书》上。《艺术和人品》或许是在寄给《北京晚报》的那篇文章基础上重写而成的吧。

晚年，汪曾祺还遭遇过一次被退稿的经历，事见汪朝的《我们的爸》。1996 年 12 月，中国作家协会第五次全国代表大会在北京召开，在大会期间联欢时，时任中共中央总书记、国家主席的江泽民“唱起了小时候上学时唱的《夕歌》，这让爸很感动，也很激动”。回到家后，汪曾祺还一再说起，并很快就写了一篇《有感于江总书记唱〈夕歌〉》。当时正好《中华英才》杂志找他约稿，汪曾祺便把此文给了他们。因为文章涉及党和国家领导人，“对这类稿子不能随便发表，所以很抱歉，只能退给汪老了”。杂志社专门安排一位老编辑到汪先生家中做解释。这篇文章，后来出《汪曾祺全集》时也未见收录。汪朝说：“爸去世后，我们整理他的手稿，没见过的倒找到一些，包括无处发表的《关于于会泳》，就是找不到这篇文章，想是被他处理掉了。”

2017 年 2 月 7 日下午，编辑部

向汪曾祺学习当杂志编辑

汪曾祺的一生中，从事的职业有好几个。其中时间最久的是在北京京剧团做编剧，此前还做过教师，当过杂志编辑。

1950年9月10日，北京市文联主办的《北京文艺》创刊，老舍任主编。汪曾祺是编辑部总集稿人，也即现在的编辑部主任。而在这之前的夏天，汪曾祺就已经担任起北京市文联主办的《说说唱唱》杂志编辑部主任一职。

《老头儿汪曾祺——我们眼中的父亲》，是汪朗、汪明、汪朝写父亲汪曾祺的一本书，其中有一篇《救活没腿儿的"死马"》，讲的就是汪曾祺做编辑时的事。

其时，汪曾祺在编《说说唱唱》杂志。编辑部经常收到大量自由来稿，经由编辑粗略看过后把不能用的都堆在角落里，隔一段时间便拉走处理掉。某次，在处理废稿前，汪曾祺把众多废稿重新翻读了一遍，发现其中一篇文章还可以用，就去拿给副主编赵树理看，赵看后同意刊用。当时这篇文章的作者大约文化程度不高，文中错别字不少外，还有作者自己造的字，譬如文章中就有一个字，上面是“馬”，下面却没有四个点。于是编辑部的人就凑在一起猜，后来有人推测是个“趴”字，理由是马的四条腿都不见了，只能趴着。之后写信问作者，果真如此，因为作者不会写“趴”，就把“馬”的四条腿给弄掉了。这个作者是陈登科，这篇作品是《活人塘》，最终在《说说唱唱》1950 年第 10、11 期上连载。之后，陈登科一发不可收拾，成了著名作家，但《活人塘》当之无愧的是他的代表作。

这事最初是从邓友梅漫忆老友汪曾祺的文章中看到的。邓友梅在《再说汪曾祺》中，还提到过自己的作品被汪曾祺编辑之事。1955 年，汪曾祺调到民间文学杂志社任编辑部主任。他督促邓友梅整理曾经收集过的彝族民歌，并删改邓友梅“如脱缰之马，又臭又长”的序言。后来，《彝族民歌选》很快就在《民间文学》上发出来了，据邓友梅说，这是彝族民歌首次与全国读者见面，他更是收到了汪曾祺寄来的超过百元的稿费，成了邓友梅上世纪 50 年代收到最多的一次稿费。

在民间文学杂志社期间，汪曾祺还经手编发过刘锡诚的作品。刘锡诚那时还是在校学生，毕业后他到《民间文学》工作，跟汪曾祺做了同事。在编《北京文艺》时，汪曾祺还从自由来稿中发现了方之的《在泉边》。经手发表后，方之一举成名，《在泉边》也成了他的成名作。

汪曾祺去世后，邓友梅在一篇纪念文章中谈到汪曾祺当编辑时的敬职敬业，文中说，汪曾祺 1950 年“奉命再回到北京，从此当起了编辑。大家查查他的作品集就明白，从参加革命起到他定为‘右派’止，没有再写过一篇小说。他全部精力都奉献给编辑工作了。那时期《说说唱唱》和《民间文学》的原稿上，每一篇都能看到他的劳动痕迹。他从不为自己失去写作时间叫苦，更不肯把编辑工作付出的辛劳外传。有的作者出名多年，仍不知自己出道与汪曾祺有关”。

现在还有像汪曾祺这样从弃稿中救活没腿儿的“馬”的编辑吗？

2017 年 2 月 7 日上午，编辑部许渊冲的《追忆逝水年华》出版后，他给汪曾祺赠书，并题词："同是联大人，各折月宫桂。"许先生是 1938 年进入西南联大学习的；汪先生虽比许先生大一岁，却比许先生晚进校一年。许先生是著名翻译家，汪先生则是著名作家，是许先生认识的"文学院的代表人物"。

十多年前，我也如许先生、汪先生在西南联大时的年纪，在乌鲁木齐念书。某日，和舍友席君闲逛书店，见有许渊冲的《追忆逝水年华》和《诗书人生》，我们俩都想买，最终决定各买一本。我买的是《诗书人生》。

某日晚上读《人间送小温——汪曾祺年谱》，见其中提到许渊冲。记起曾经买过许先生的书，从书架翻找出来，书中有一篇《沈从文和汪曾祺》，提到了签赠题词一事。再对照看《年谱》，发现《年谱》所记，即是从此而来。重翻《诗书人生》，书中竟然还夹着一张舍友朱君的照片。许先生这本书应该买回来就看了的，如今全忘记，等于没读。如今，席君在重庆，毕业后见过数次；朱兄在云南老家，毕业后就再未见过。当年和他们一起买过的书，倒是常读。

深夜忆起往事，顿生感慨。据《汪曾祺年谱》所记，汪先生在西南联大念了五年书，最终因为种种原因还是从西南联大肄业，走进社会这个永不毕业的大学校，去读他老师沈从文经常说到的“大书”了。

2017 年 2 月 6 日下午，编辑部

汪曾祺写广告

文章写得那么好的汪曾祺先生，却不会写报告。有一次为女儿汪明写“病退报告”，呕心沥血写出的报告寄到黑龙江生产建设兵团汪明下乡的地方，却被基层农村干部“枪毙”并嘲笑了一通。此外，他的“住房申请报告”同样写得不成样子。

不会写报告的汪曾祺，却写得一手好广告。

1998年北京师范大学出版社出版的《汪曾祺全集》第八卷收了一篇为广州白马广告公司写的房地产广告《西山客话》。这则广告可真是美文，连广告都颇具汪曾祺文风。汪朗在《“老头儿”三杂》中对这则广告的写作背景有比较详细的交代，感兴趣的读者可以找来一阅。

还有一则广告，好像在《汪曾祺全集》中未见。1989年，汪曾祺的第一部散文集《蒲桥集》由作家出版社出版。该书封面上有两段不长的简介，后来得知乃是汪先生应编辑之请写的。这样的文字，鲁迅先生当年也没少写。后来重印的《蒲桥集》中，有一些版本未收这段简介，甚可惜。文不长，兹录如下：

齐白石自称诗第一，字第二，画第三。有人说汪曾祺的散文比小说好，虽非定论，却有道理。

此集诸篇，记人事、写风景、谈文化、述掌故，兼及草木虫鱼、瓜果食物，皆有情致。间作小考证，亦可喜。娓娓而谈，态度亲切，不矜持作态。文求雅洁，少雕饰，如行云流水。春初新韭，秋末晚菘，滋味近似。

这两段不长的简介，写得真是好极了。让人奇怪的是，在由汪曾祺子女汪朗、汪明、汪朝执笔撰写的《老头儿汪曾祺——我们眼中的父亲》一书中对《蒲草集》和封面上的几句话有专门的提及，并特别录入了上述两段文字，为何在编《全集》时未收入呢？

汪曾祺还是剧作家。他半生在北京京剧团工作，写了不少京剧剧本。在改编完《一匹布》后，汪曾祺还根据导演的建议，以七言诗的形式写了一个很别致的广告说明书：

伏酱秋油老陈醋，世间哪有借媳妇。
真是满纸荒唐言，何人编成《一匹布》？
沈家有女名赛花，窗前一棵马樱树。

嫁夫市侩张古董，似水流年暗中度。
古董把弟李天龙，订婚未娶妻亡故。
家中一火荡无存，昔日繁华今寒素。
天龙岳父有钱财，城内知名王老户。
老户曾有言在先，两家仍可为翁婿。
一旦天龙再娶妻，奉还嫁奁如其数。
陪嫁银子二百两，原封不动暂存库。
天龙无力再娶妻，三餐不饱空肠肚。
此事古董得闻知，想出一条发财路。
愿将媳妇借天龙，登堂拜谒王老户。
陪嫁银子对半分，公平交易两不误。
言明当晚赶来回，岂料丈人留客住。
生米熟饭假成真，白布下缸染色布。
呜呼奉劝世间人，夫人不是摇钱树。

据徐城北在《一匹布》一文中说，这场戏演了一场就收了，而他所拥有的《一匹布》剧本，是汪曾祺先生托人带来的打印本，随带还有一封信和手抄的上述七言广告说明书。可惜的是，《汪曾祺全集》也未收这则广告说明书。

类似这样的京剧演出广告说明书，汪曾祺是否写有其他呢？希望有心人能多有发现。

听说新版《汪曾祺全集》正在编辑中，希望编者能搜集搜集看汪先生是否还有其他的广告文字，连同他十多万字的检查交代材料一齐收入全集，尽量做到齐全，刚刚出版的《冯雪峰全集》不就收入了多达八十万字的交代材料吗？

2017年1月20日夜，中苑

在扬州看汪曾祺

去扬州而没去高邮，是我的遗憾。相比从新疆到扬州，从扬州到高邮实在是近得很。我想去高邮，只是想去看看汪曾祺生活过的地方，他小说散文中写到的地方。这次没去成，那就再继续从他的文章中来感受。恰好，这次远行，随身带着的就是人民文学出版社出版的《汪曾祺小说选》。走前，我有意选的这本书，在火车上看了大半本，在南京的三天很快就看完了。

走在扬州的土地上，我常想起汪曾祺。他的文字韵味和此刻我脚下走过的土地密不可分。晚上在宾馆看扬州市文联出版的最近几期《文艺家》杂志，有一篇金实秋先生的《汪曾祺缘何老泪纵横》。这篇文章给了我不少启发，也让我注意到许多以前看汪先生文章时未曾留意的细节。我和金先生曾有过文字之交，也是源于汪曾祺的文章。

而黄咏梅的《高邮索引汪氏家宴》更是让爱读汪曾祺文章的我一读再读，我无缘和黄咏梅那样“沿着先生的文字，索引着他的故乡和故乡的味道”。由于种种原因，“汪氏家宴”也未能一尝。我知道，这都给了我下次再来扬州的借口。

走在扬州的时间里，我仿佛感觉到了这就是金农的扬州，是郑板桥的扬州，是我书架上许多人的扬州。以前读他们的文章，看他们的字画，也未曾留意他们都和扬州有着千丝万缕的联系。当我呼吸这里的空气时，他们的味道就全出来了。我曾经逐一看过的字、画，以天空为屏，幻灯片式地放映着。我知道，我终将会回到属于我自己生活的那一片土地，也还将继续翻阅那些书、画、帖。

翻得更多的依旧还是汪曾祺。

三十四年前，汪曾祺和林斤澜到过我生活的伊犁。也仅仅待了几天时间，可是他写出了游记散文中的名篇《天山行色》，还在多幅字画中表达了对伊犁的想念，直至生命的晚年，作画时还在题诗中念叨伊犁。现在，生活在伊犁的我，到了他的故乡扬州，未能再进一步到达高邮。我把这种遗憾理解为还未真懂得汪先生文章中的精妙处。今后在阅读时，所得渐多，相信我距离高邮就不远了。

即便如此，匆匆来去一回，来之前看和之后看汪曾祺文章的感觉都有了很大的不同。以前对他文章里的“水”有些隔阂，现在这种隔阂慢慢被打通了。

也是那几天，看到在一个微信群里，有人把孙犁、汪曾祺说得一无是处，再接着往后看，原来他连最基本的《耕堂劫后十种》都没看过，汪曾祺的作品也仅仅读了几篇饮食随笔。未通读作品而敢放言褒贬一个作家成就高低的人是越来越多了。

2016 年 8 月 25 日晚

我在边疆驻村，我在读汪曾祺

2019年，人民文学出版社新版《汪曾祺全集》刚推出时，我被派往汉宾乡英买里村驻村。在此之前，我刚收到在鲁迅文学院读书时的同学给我寄赠的一套全集，“都是汪迷，何必客气……”

于是，这套书以及《汪曾祺：文与画》等几本选集，就随着被褥等行李一起来到了村里。

村子位于新疆伊犁哈萨克自治州的伊宁市。1982年夏秋之际，汪曾祺曾来过这里。当时，汪曾祺、林斤澜、邓友梅三位老友在《北京文学》编辑李志的陪同下有了一趟行程近两个月的西北之行。一路上，他们走得比较辛苦，也不算顺利。其中坎坷，汪曾祺在1982年9月22日起写的新疆行散文《天山行色》中几乎没有涉及。倒是多年后，同行的邓友梅在《再说汪曾祺》中提到此行，并细述了过程，才让我们有所了解。

《天山行色》可以说是汪曾祺游记散文中的名篇，其中大部分笔墨留给了我正生活的伊犁。他们在伊犁访问了察布查尔锡伯自治县、尼勒克县等地的农村和牧区，还在伊宁市召开了读者见面座谈会。汪曾祺等人在座谈会上都有演讲，经记录整理刊发在当年的《伊犁河》杂志上，汪曾祺的文章题为《道是无情却有情》。距离初读汪曾祺的几年后，我到《伊犁河》杂志供职，专门找出当期杂志看这篇短文。杂志上刊发的《道是无情却有情》被汪先生收入《晚翠文谈》时做了细微改动。新版《汪曾祺全集》中，此文被放在了第九册“谈艺卷”中，并注释：“本篇原载《伊犁河》1982 年第 4 期，据作者在伊犁文学座谈会上的讲话整理而成，与会者还有邓友梅、林斤澜等；初收《晚翠文谈》，浙江文艺出版社，1988 年 3 月。”

汪曾祺一行到伊犁，给当时的伊犁文学界留下了诸多佳话，尤其他们三人在伊犁的文学讲座，当年听过讲座的人多年后提起来还津津乐道。边疆的人文风情，也给汪曾祺留下了很深的印象，他晚年多次在文章中提及。也是在《汪曾祺：文与画》中，我还看到汪曾祺的两幅与伊犁有关的画，尤其后一幅，画于去世前一年，从题画文字来看，汪曾祺对当年的伊犁之行念念不忘。多年来，我不断把他的《天山行色》等文章和画找来看，每一次都能感觉和我爱读的作家之间，距离是如此之近。

初到村里，各种不适应、不习惯接踵而至，有工作上的，生活上的，也有阅读写作上的。几人一间的宿舍里，一张桌子，人来人往。因为吃住在村委会，只待夜深人静后，我从住的三楼回到白天上班的二楼办公室，摊书细读，静静品味。

有次调休，从家中回村里时，我从书架上抽出他的《草花集》放到了随行的包里。这书薄薄的，很适合随身带着看，随时抽出来都能读几页。在村里，我也常如汪先生一样，“辛苦了一天，找个阴凉的地方，端一个马扎或是折脚的藤椅，沏一壶茶，坐一坐，看看这些草花，闻闻带有青草气的草花淡淡的香味，也是一种乐趣”。工作之余，如此生活，倒也自在。

在村里，我的状态和汪曾祺的“随遇而安”比起来，境界到底差了许多。此时重读他的《随遇而安》，又是另一番感受，心态很快就调整了过来。以前没怎么觉得，十年来持续读汪曾祺，他的文章和生活态度，有形无形地影响着我，这在驻村时体现得更明显。

有时躺在宿舍的单人床上或者住户家的炕上，就着台灯翻几页《汪曾祺小说选》。多年前，汪曾祺也是这般躺在沽源的炕上看《容斋随笔》的吧。有一天晚上，我住在村民家，下着雨。听雨打铁皮声，无端想起汪曾祺的《星期天》，“下雨天，雨点落在铁皮顶上，乒乒乓乓，很好听。听着雨声，我往往会想起一些很遥远的往事”。雨夜忆起的往事，易生感触，继而形成文字。

也是在《随遇而安》中，汪曾祺说，四处走走，你会热爱这个世界。从汪曾祺的作品中，我学着慢慢观察生活。

有一次入户路上经过一条僻静的巷子，路边长着一丛嫩蝎子草，我择下嫩头，学着汪曾祺拌菠菜那样拌了一盘蝎子草，大快朵颐。“生活，是很好玩的”，一旦放平了心态，发现了生活，真是好玩的，在村中尤其如此。

村里许多人家都种喇叭花，或门前，或院中，就是汪曾祺写到的晚饭花。而巷子也很像汪先生笔下的李家巷，巷子两边开着晚饭花，“开得很旺盛，它们使劲地往外开，发疯一样，喊叫着，把自己开在傍晚的空气里。浓绿的，多得不得了的绿叶子；殷红的，胭脂一样的，多得不得了的红花，非常热闹……”我在入户走访时看到它们，觉得亲切。巷子里嬉闹的孩童，在花丛边跑来跑去。走在巷子里，会想到，迎面碰到的少男少女里，是不是有汪先生笔下的李小龙、王玉英？

在村里的四季，总会遇到许多老人蹲坐在门口，冬春晒太阳，夏天在树荫下乘凉，秋天就静坐着，他们都如《闹市闲民》里的“活庄子”。我也试着学习汪曾祺的笔触，来了解、记录下这些闹市中的“活庄子”。

我读汪曾祺，常被他细微之处的人间情怀打动。十多年间，我一次又一次地翻他的作品，大概也是因为这个关系。写作，说到底还是要讲情怀的……你看，汪曾祺的影响就是这么无处不在。在村里，在生活中，汪曾祺和他的作品，如影随形，无处不在。

2020 年 9 月 8 日，中苑

汪曾祺的两篇同题文章

1998年北京师范大学出版社出版的《汪曾祺全集》，其中第三卷有一篇《回到现实主义，回到民族传统》，文末标注有“（根据发言整理）载一九八三年第二期《新疆文学》”。

林斤澜在《〈汪曾祺全集〉出版前言》中也提到了《回到现实主义，回到民族传统》。林先生说：

> 汪曾祺生前，大约只有过一次作品讨论会。那是一九八七年，《北京文学》承办，由我主持……汪曾祺为讨论会准备了一个发言，是他晚年一贯的文学主张。题目是《回到现实主义，回到民族传统》。

林先生之言和全集中《回到现实主义，回到民族传统》的文末标注显然有冲突，一篇1987年为讨论会准备的发言，怎么会发表在1983年第2期《新疆文学》上呢，而且据收入《全集》第三卷的这篇发言中“昨天，我去玉渊潭散步，一点风都没有……”“今天评论有许多新的论点引起我深思。比如季红真同志说……”等句子，可以看出应该是作品讨论会的发言，如附注说的是根据发言整理的，很有可能还是即席发言。

后来，汪曾祺自己在不同的文章里也多次谈到他的这次发言，在《〈汪曾祺自选集〉重印后记》中写道：“几年前，我曾在一次关于我的作品的讨论会上提出：回到现实主义，回到民族传统。”在《却顾所来径，苍苍横翠微——小说回顾》中写道：“北京市作家协会举行过我的作品讨论会，我作了一次简短的发言，题目是《回到现实主义，回到民族传统》。”另外，由汪先生亲手编订的《晚翠文谈》中也收入了一篇《回到现实主义，回到民族传统》，即是《全集》第三卷中的这篇，在文后专门注明：“本文是一次作家作品讨论会上的发言。”

汪先生提及的几处，再结合发言的内容和林斤澜先生在《前言》中说到的，应该可以肯定，《全集》第三卷收入的《回到现实主义，回到民族传统》，就是1987年汪先生在作品讨论会上的发言。

那么，这篇发言又怎么会发表在《新疆文学》1983年第2期上呢？抱着这样的疑问，笔者在时任《西部》杂志（《新疆文学》后更名为《中国西部文学》，又更名为《西部》）副总编的张映姝的帮助下，查阅了1983年第2期《新疆文学》，果然有一篇《回到现实主义，回到民族传统》，再和收入《全集》第三卷中的《回到现实主义，回到民族传统》对照阅读，完全是两篇不同的文章。也就是说，由于两篇文章标题相同，《全集》编者误把1987年汪先生的发言，当成了发表在《新疆文学》上的文章了。

查《全集》，未见收有发表在《新疆文学》1983年第2期上的《回到现实主义，回到民族传统》，算是一篇集外文，本文对研究汪先生创作思想有独特的价值，所以照录如下：

回到现实主义，回到民族传统

汪曾祺

我想在这个总题目之下谈三个问题：一个是生活和创作的关系；第二是美学感情的需要和社会效果的问题；最后谈谈现实主义和民族传统。我这个人很不善于逻辑思维，用中国古人说法就是不能持论，不善于说带理性的话，因此，只能谈一点个人的体会和感受。

最近几年，我写了一些小说，引起了读者的注意，有的同志就问："哪儿冒出了一个汪曾祺来啦？"其实，我开始写作的年代比较远了，从四十年代就写了短篇小说。

解放以后长期搞编辑工作，搞编辑是不大容易写东西的，所以我长时期也没写什么东西，五七年前写过一点散文，六二年又写了几篇小说，以后搞戏曲，编京剧，也就再没写小说。我所以又拿起笔来写小说，都是一些同志鼓励、督促、鞭策、责骂的结果。如邓友梅同志、林斤澜同志，都是骂得最厉害的。除此之外，三中全会以后那种温暖的政治气候，也是感召我重新写小说的重要因素。在很多同志写了很多小说，写了很多很好的小说之后，我的思想解放了以后，才有可能重新拿起笔来。

我的小说的题材跟别人的不太一样，我写的小说很大一部分是反映旧社会生活的。去年，北京出版社出了我的一个集子，那个集子收了十六篇小说，写解放以后题材的大概有七八篇，其余的都是些解放前的生活。这种情况在目前中国作家里是不多的。我为什么要这样，为什么解放以后的题材写得比较少，解放以前的写得较多呢？原因很简单，就是我虽然一生中有一半时间是生活在解放后，但是我比较熟、比较吃得透的，还是解放前的那段生活。我比较年轻的时候，十几岁那个时候的生活经验，在我的印象里还是比较新鲜、比较深刻、比较吃得准的。对解放以后的生活，我不是认识得那样深刻，还没有熟悉到能够从心所欲，挥洒自如。也就是说，我还没能做到自己很有自信地虚构和想象。小说总是要有些原型和原材料，但我们还是要补充一些东西，这些东西往往都是虚构的，想象的。如果你对生活相当熟悉，你就可以从心所欲地去虚构，去想象，而且你怎么虚构、怎么想象都是合适的，都是你所想要写的那个人的事，那个时代的事。你对这个生活要非常熟悉，熟悉到除了你所要写的那个题材的本身之外还要熟悉和这个题材有关的许多生活。这样，你就随时都可以抓一点生活过来补充到你所写的题材里面，补充到你的人物身上，而且你自己也相信，我所写的这个细节或情节就是那个人的，尽管这个人在生活里并没有那回子事情。所谓“创作自由”，我以为就是虚构的自由，想象的自由。

我为什么写解放以前的题材比较多呢？因为我在家乡的那个小城里边，和我现在所写的那些人物基本上都是朝夕相处的。去年，我回了一趟家乡。乡亲们说我写的反映家乡的小说很像，对我弟弟说：“你大哥是不是小时候就带着个笔记本到处记，要不，他怎么对过去的事情记得那么清楚呢？”我说没有。我那个时候才十几岁，上初中，还没有想到将来我会要写东西，也没有拿个笔记本到处记的习惯，我完全凭着自己的印象。我写的一篇小说中的主人公的儿子，他跟我儿子说，你爸爸小说里写的我爸爸，百分之八十是真的。其实，也不完全是这样，那小说里也有很多是虚构的。我觉得不需要讲很多大道理，一定要非常熟悉生活，熟悉到你把它抓过来就可以放到作品里去应用，这样才会得心应手。海明威有一句话，我觉得很有道理。他说，冰山显得雄伟就是因为它浮在水面上只有七分之一，而七分之六在水里，眼睛是看不见的。一个作家所要表现的生活的厚度要比你写出来的多得多，有很多东西虽然没有写进作品，但它是你作品的基础。作家一定要真正地熟悉生活，深刻地理解生活，广泛地积累生活，否则，就不容易写得真实、形象、深刻。现在，有些人往往说，我这个作品写不下去了，下去补充点材料，补充一点细节。我觉得这样急来抱佛脚的办法恐怕不行。

第二个问题，关于美学感情的需要和社会效果。这个问题要说的是，你为什么要写这篇作品，你的创作冲动是从哪儿来的。这里，我想谈谈自己的作品。我的《受戒》写的是一个小和尚和一个村姑的恋爱故事。有的同志比较婉转地问我，你怎么会有那样的生活？那意思就是，你是不是当过和尚？我为什么要写这个作品呢？我在一个和尚庵里住过半年，对和尚庵里的生活是很熟悉的，那时我只有十五六岁，我就觉得这些和尚也是人，和尚的生活也是一种人的生活，而且我熟悉那个大英子、小英子一家。她们跟我很熟，她们那种没有受过扭曲的开朗、健康的性格，给我很深刻的印象。我当时朦朦胧胧地觉得，她们的生活是美的，比我那个生活圈子里的人更健康、更美。所以，多年来我始终存在着这个印象，四十三年了。我终于把它写出来了。那篇小说发表的时候，我有一篇很短的后记，这个后记引来一些麻烦，我说是哪一年、哪一月、哪一天，我写的是四十三年前的一个梦。这就是让人感到，好像这里面有我自己的一段恋爱史似的。其实没有。我四十三年前很年轻，年龄也应该说是正在初恋的年龄，对恋爱倒是有着一种朦胧的向往。《大淖记事》写的是一个小锡匠跟一个挑夫的女儿的恋爱。有人很奇怪，说你这个老头怎么写了好几篇恋爱题材的小说呢？我小时候，在我家乡，有一个小锡匠因为爱情被一个地方水上保安队的当兵的打死了，后来这个小锡匠被用尿桶里的尿碱救活了。记得我还跑到那个出事地点去看，没见着人，只有几个尿桶摆在那儿。我就跑到我所写的那个巧云家里去看，也没看见那个巧云什么样子，但我无端地感觉着她一定很美。当时我还不懂得什么优美的情操之类的词儿，但我觉得这些人的生活里面有他真实的东西，美的东西。当时我对这些人有一种向往，向往他们那样的人，他们那样的生活。我写的巧云、挑夫，本来不是在大淖那个地方，是在一个叫月塘的地方。这个地方，有很多挑夫，也有一些轿夫。记得那时有一个轿夫姓戴，得了一种病，叫血吸虫病，是腿上的毛病。轿夫是靠腿脚混饭吃的，他得了那种病，等于他的生活就完了。他的老婆看起来很不起眼，头发黄黄的，衣服也不齐整，人也不精神。但丈夫得了病以后过了几天，她就好像忽然变了一个人，变得很精干，人好像也精神焕发，变得漂亮了。她去当挑夫去了，把一家人的生活勇敢地担当起来了。当时这个劳动妇女引起了我很大的惊奇，觉得这个人不简单，很令人敬佩。因此，我就把她的这个品质移到了巧云的身上。

我上面举的例子主要想说明，一个作家在写他接触到的那段生活的时候，往往是被一种向往、一种惊奇打动着的。生活里有使你激动、使你向往、使你感到惊奇的东西，你才能捕捉到生活本身的意义。这个一般就叫做创作的契机吧。创作一开始萌芽的那个东西是怎么来的，这点非常重要。生活里一定有某些东西使你感动过，你才能把它写得比较感人。生活材料是容易得到的，但是从生活里面捕捉到美的、诗意的东西就不那么容易了。就是说，你为什么要提笔写这个作品，首先是要满足你自己的某种感情的需要，或者用个带点学术味儿的名词，就是美学感情的需要，要去表达这种东西，要去表达这种感情。我觉得，一个作品写出来后，在你的案头的时候是你个人的事情，发表出来就是一个社会现象了，因此，我们不能不考虑社会效果。有的同志对社会效果很反感，但我觉得还是要考虑到这个问题。我跟有些同志说过，我希望的作品能使大家有美的感受，能够感受到一种健康的、诗意的、向上的东西。所以，我有一个很朴素的、古典的说法，就是写一个作品总要有益于世道人心，不管从哪方面说，你总不能让人读了你的作品之后产生消极、悲观、颓废、灰暗的情绪。

一般地说，文艺具有四大功能，即认识作用、美感作用、娱乐作用、教育作用。有的同志认为我的小说对于前三个方面没有多大问题，至于教育作用，就谈不上了。我不能同意这种说法。我认为，一个作品，不是有积极的作用就是有消极的作用，完全属于中性的作品很难设想。教育作用有的直接一些，有的间接一些。我的愿望是希望我的作品能使读者，特别是年轻的读者在情操上有一些洗涤作用，或者照亚里斯多得的说法，是“净化”作用也可以，总之是要使得人们的精神境界有所提高吧。当然，你说我写这些作品是不是有感而发的呢？我写这些年轻人的纯洁的、健康的、优美的爱情，就是有感于现在某些年轻人在恋爱、婚姻问题上的庸俗化和物质化的倾向。但也不可能有谁读了我的小说，就会树立比较正确的恋爱观了，就不追求那种物质的或者比较庸俗的恋爱观了，这种效果是很难达到的。然而，我还是希望我的小说能给人一些美的启发，美的诱导。所以，我觉得写一个作品，不能不考虑它发表以后产生的社会客观效果。

有一个问题，一直在我脑子里转了很久，就是作品怎样对“四化”起作用。有些作品直接描写战斗在“四化”第一线的社会主义新人，这样的作品为“四化”服务是没有问题的，也是很需要的。但是，有的作品并不一定这样。比如有些作品写的是历史题材，就不能说它是直接服务于“四化”的。我听到过一个负责同志的讲话，他说，写当前现实的，写近百年历史的，写革命斗争的，写历史题材的，只要能引导人们精神向上，就都是为“四化”服务的。我觉得这个尺度是放宽得多了。如果所有作品都要直接写“四化”，我的那些小说就无法存在了，你让我怎么强词夺理，我也不能说我写一个小和尚的恋爱跟“四化”有什么关系。

下面再谈谈“回到现实主义，回到民族传统”。我为什么用“回到”这两个字呢？因为我这个人曾经不是搞现实主义，搞民族传统的。我四十年代的几个朋友，他们对我现在的作品感到很奇怪，说你原来是相当洋的，现在怎么搞起这种小说，甚至搞起京剧来了呢？我过去有些作品确实受了一些西方的影响，而且某些地方受了些西方现代派的影响。我的短篇小说集的第一篇《复仇》，是一九四四年写的，那时带着比较浓厚的洋味儿的，有相当多的意识流。

我过去读过的一些意识流的作品，一般都写得很美，而现在有些搞意识流的，它那个意识的流动就不是那么美，不是那么有诗意。意识流这个东西，无论如何是作家所设想的那个人物意识的流动，不是当真的一个人，他的意识就是这么流，你又没有钻到他肚子去看过，无非是你设想的那个流动。我不赞成专门去搞意识流，你在作品里可以有一点儿，整篇从头到尾搞意识流就不一定有什么道理了。我现在的作品，还是有一点意识流的东西。比如《大淖记事》里的巧云被奸污之后，她起来飘飘忽忽地想了一些事情，想起了母亲，远在天边的母亲，母亲给她在点一点眉心红；想起她小时候去看人家新娘子，新娘子穿的粉红色绣花鞋；想起她手划破了，十一子给她吮指头上的血，她想那血一定是咸的，思绪都是不衔接的。我的目的是表现她失去童贞之后的痛苦心情，但是以一种优美的方式来表现的。意识流这个东西，我觉得用一点可以，比较多也可以，但是通篇搞我是不大赞成的。

接受西方外来的东西，没有什么不对，但是要立足于本民族的东西。越是有本民族的特点的东西才越是有世界意义。吸收西方的东西，吸收西方的影响是完全可以的，但你要让人瞧不出来。要是让人一看你完全学外国的东西便不好了。你学了一点外国的东西，还要让人感觉是中国的东西。我去年在《北京文学》发表了一篇叫《徙》的小说，写一个小学教员给一个小学作了一支校歌，教员后来死了，孩子们还唱这支校歌。我就写孩子们在唱校歌时的情景：每到集会的时候，孩子们就拼足了气力，用玻璃一样脆亮的童声，高唱这支歌，好像屋上的瓦片和树上的树叶都在唱。这不是本民族的东西，带着点洋味儿。我觉得，你把外国的东西弄到中国来，放到作品里边，可以是一些其他的非现实主义的流派，但你还得以现实主义为基础。一味是摹仿，一味是向人家外国人学，那确实如毛泽东同志所说的，是没有出息的文学家。吸收古典的、中国的民族的东西，或者是外来的东西，都是必要的，但最后都要变成你自己的东西，不管是吸收外来的形式、外来的影响、古典的民族传统，最后都要形成你个人的风格。有的同志问我，你看不看外国作家的作品？他以为我是不看外国作品的。我的回答是恰恰相反。我现在看得比较多的是外国作品，但是写的东西我认为还是中国味儿的。

我主张回到现实主义，回到民族传统。但是，这种现实主义是要能够容纳其他很多流派的现实主义，这种民族传统是能够吸收一切东方和西方影响的民族传统。如果你能够巧妙地吸收外来的影响，就可以丰富你的作品的民族特色。中国最辉煌的文化是汉朝和唐朝，它吸收了很多外国的东西，如绘画、音乐等，变成了中国的东西。我觉得应该大量地吸收，广泛地吸收，但是得有个基础。打个比方，就好像是拿一块海绵去吸收人家的水分，而不是拿水去吸收人家的水，得有个自己的东西，或本体，其他东西才有依附。总之，搞现实主义的东西，搞民族传统的东西，但又不排斥其它非现实主义流派的影响，不排斥外来的影响，这是我给自己定的奋斗目标，但我现在并没能办到，只能算是我经历了几十年文学创作历程之后得出的经验体会吧！

1982年夏天，汪曾祺、邓友梅、林斤澜等先生在《北京文学》编辑李志陪同下到新疆采风，逗留了不短的时间。这篇发表在《新疆文学》1983年第2期上的《回到现实主义，回到民族传统》，应该是当时的一次文学交流会的讲稿；邓友梅、林斤澜两位先生也都有讲。1982年第12期《新疆文学》"作家谈创作"栏目发表的林斤澜先生的《箱底儿及其它》可能就是林先生这次交流会的讲稿。他们三人到了伊犁后，也和当地文学爱好者见了面，并在座谈会上都有发言，发言稿经记录发表在伊犁州文联主办的《伊犁河》杂志1982年第4期上，汪曾祺先生的发言是《道是无情却有情》，后来收到《汪曾祺全集》第三卷中。

2015年11月18、19日

汪曾祺的一次讲座

1982年夏天，汪曾祺、林斤澜、邓友梅三位先生在《北京文学》编辑李志的陪同下，结伴到新疆伊犁逗留了一段时间，并在当年的伊犁州邮电局小楼会议室召开了一个文友座谈会，三位先生都在座谈会上做了即席讲座。

其中汪先生的讲座题目是《道是无情却有情》。这篇讲座内容后来收入了1998年北京师范大学出版社出版的《汪曾祺全集》第三卷中。文末只标明“一九八二年”，无具体时间，也无发表的刊物名称，让人误以为未发表过。

其实这篇文章发表在伊犁州文联的《伊犁河》杂志1982年第4期上。之所以说汪曾祺等三位先生是即席发言，也是根据《伊犁河》在刊发他们的发言时所做的特别说明：此系邓友梅、汪曾祺、林斤澜三位同志根据他们在伊犁文学讲座上的讲话记录整理而成。《伊犁河》杂志创刊于1979年，是新疆伊犁哈萨克自治州文联主办的一份纯文学期刊，当年为文学季刊（现为综合性文学双月刊）。

笔者平时爱读汪曾祺先生的文章，对汪先生有关伊犁之行的文章，尤为关注。从第一次在1982年的《伊犁河》杂志上读到《道是无情却有情》开始，对汪先生在伊犁的点滴就比较留意，直至后来看到《汪曾祺全集》第三卷上收录这篇文章，标明的创作时间如此模糊，就起了一探究竟的想法。

首先是向当年的知情人打听，郭从远先生当年陪同过汪先生一行，这场座谈会他也是组织者之一，应当知道情况。但郭从远的有关回忆文章中提到的时间也都是模糊的。笔者尝试着联系到退休后定居海南的郭先生，遗憾的是尽管他提供了许多细节，不过对座谈会的时间已无法准确说出。继而询问当年参加了座谈会的伊犁文史学者赖洪波先生，他只说是在1982年夏天，再具体也无从查起。笔者试着查阅了1982年夏季的《伊犁日报》也未见报道。

无果之下，只得从汪曾祺等人自己的文章中寻找线索。汪先生此行有一篇长文《天山行色》，也收在《汪曾祺全集》第三卷，结尾记下了详细的创作时间："一九八二年九月二十二日起手写于兰州，十月七日北京写讫。"如此，《道是无情却有情》应该是在九月二十二日以前的作品。

2010年，我在伊犁晚报社做副刊编辑，有一次和生活在察布查尔县的老作家谢善智聊天，得知他在察布查尔锡伯自治县县委宣传部工作时曾参加接待过汪曾祺一行，并合影留念。其时，我正在编的副刊“民间纪事”版上有一个“老照片”栏目，于是便请谢善智写了一篇回忆性的短文，不几日，《北京小说家访问察布查尔》就连同照片一起以头题刊发在了《伊犁晚报》2010年3月19日B9版上。

谢先生大概有记日记的习惯，对汪曾祺等人在察布查尔的行程记得非常清楚，尤其是时间的精确让我喜出望外。在文章中，谢善智明确地记下了汪先生到达察布查尔的时间是1982年8月23日上午，是在《伊犁河》杂志主编郭从远的陪同下去的，而一路上陪着他们的《北京文学》的编辑是李志。在察布查尔，汪曾祺等人访问了两个锡伯族家庭，在县射箭厅，观看察布查尔锡伯族人的射箭表演，还在县文工团观看了锡伯族蝴蝶舞、狩猎舞、贝伦舞。谢善智提供的照片即是在县文工团驻地所拍（见彩插），照片前排左二为林斤澜，第二排左二戴墨镜者为邓友梅，旁边戴宽檐帽者为汪曾祺，右侧为李志，第二排左一是谢善智，后排左一是郭从远，其余的就是察布查尔县陪同人员和县文工团工作人员。

去过察布查尔锡伯自治县后，他们就去了尼勒克，并逗留了不短的时间。据郭从远、赖洪波回忆，在伊犁的文友座谈会召开于去尼勒克之前，也就是 1982 年 8 月 23 日前后。那么，题为《道是无情却有情》的发言，也即是在这一期间完成的。

旧版《汪曾祺全集》编排文章顺序标准不统一，有的按写作时间，有的按发表时间来排序。那么，《道是无情却有情》在全集中的位置大致应在《旅途杂记》之后，《天山行色》之前，而不是如现在这样放在 1982 年卷的末尾；同时，文末加注："一九八二年八月，载一九八二年第四期《伊犁河》"，比较妥当。在编辑新版《汪曾祺全集》时，这是应当注意的，也是笔者写作本文的愿望所在。

笔者把《伊犁河》杂志根据记录整理的原文和《汪曾祺全集》第三卷上的文章对照阅读，发现收入全集时，有细微改动：《伊犁河》杂志刊发时有一句"比如《受戒》的主题是什么"，《全集》中改为了"比如《岁寒三友》的主题是什么"。《道是无情却有情》这篇文章后来收在汪曾祺亲手编订的《晚翠文谈》（浙江文艺出版社 1988 年 3 月出版）中，"《受戒》"已被改为了"《岁寒三友》"，想来应该是汪先生自己所改。另外再提一句，文章收入《晚翠文谈》时，并未标明创作时间；不知《全集》收入《道是无情却有情》一文时，是否根据的就是此书。

关于《汪曾祺全集》系年辨正方面的文章，东北师范大学徐强先生等专家多有论述。因笔者生活在伊犁，对汪先生的伊犁之行的相关文章颇为留意，本文就手头现有的资料，试做此短文。

2015年6月8日夜，七十七团

汪曾祺的一则题画

汪曾祺先生多才多艺，除了作文、赏美食外，还常常“书画自娱”，在文章之外留下了为数甚众的书画作品。2000年，汪先生的子女汪朗、汪明、汪朝用父亲留下的稿酬自费印制了一本《汪曾祺书画集》，在书前的《一点说明》中，对汪先生的写字作画也有描述：

> 父亲没有什么业余爱好，写作之余，挥毫泼墨，写字作画，是他的娱乐和休息。他生性潇洒，不拘小节。游踪所至，总有许多朋友求他作画写字，他很慷慨，有求必应。尤其是喝了几杯酒之后。无论高官显要，还是平民百姓，他都一视同仁。即便画了得意的、他自认为比较好的画，有人要，他也毫不吝啬，随口答应。

因《汪曾祺书画集》是自费印制，不对外销售，现在很少见到。好在山东画报出版社2005年3月出版了一本《汪曾祺：文与画》，除了收录汪先生部分文章外，还选录了书画作品 106 幅。本书流传颇广，几年内数次加印，让无缘见到《汪曾祺书画集》的读者可以尽可能地欣赏到汪先生的书画作品。

我接触汪先生的书画也是从《汪曾祺：文与画》开始的，几年来常常翻阅。尤其因为我生活在伊犁，对汪先生的两幅与伊犁有关的画作就更为留意（见彩插）。这两幅画，一幅是作于 1992 年的《蓼花无穗不垂头》，汪先生在题画上写道：

> 昔在伊犁见伊犁河边长蓼花，甚喜。喜伊犁亦有蓼花，喜伊犁有水也。我到伊犁在一九八二年，距今十年矣。曾祺记。

另一幅则作于 1996 年，原画无题，却有一段关于伊犁的题画：

> 林则徐充军伊犁，后赦归至河南，督治河工，离伊犁时有诗句云：格登山色伊江水，回首依依勒马看。此画伊犁河所见。我到新疆在一九八二年，距今十四年矣。一九九六年秋，曾祺记。

两幅画都提到了 1982 年的伊犁之行。那年，汪曾祺和老友林斤澜、邓友梅结伴到伊犁走了不少地方，也留下了深刻印象。在汪先生的诸多书画中，我对这两幅尤为注意，看的次数多了，就发现了问题，问题出在作于1996年秋的那幅画的题字上。

汪先生提到“林则徐充军伊犁，后赦归至河南，督治河工”，此处汪先生记忆有误。查《林则徐日记》（见《林则徐全集》第九册）可知，林则徐1841年7月13日“知奉上谕，以则徐前在粤省所办营务、夷务均未能妥协，与前督邓俱从重发往伊犁效力赎罪。是夜即收检行李”，并于次日踏上往伊犁的流放路。在流放途中，林则徐奉命到河南祥符（今开封）协助督治河工，至次年3月完工，后林则徐仍被发往伊犁，效力赎罪，而不是赦归河南时督治河工。

汪先生提到林则徐“格登山色伊江水，回首依依勒马看”时，说是“离开伊犁时有诗句”，也不准确。此诗不是林则徐离开伊犁时所写，而是写于哈密。原诗题为《乙巳冬月六日伊吾旅次被命回京，纪恩述怀四首》，写作时间为道光二十五年十一月初六日，即1845年12月4日，汪先生提到的是四首中其三的两句，全诗为：

大树营门礼数宽，将军揖客有南冠。
非徒范叔绨袍赠，不待冯谖剑铗弹。
夙世因缘成缔合，一心推挽愧衰残。
格登山色伊江水，回首依依勒马看。

诗题中的伊吾为地名，即指现在的哈密。诗句中的格登山，位于今伊犁昭苏县境内，笔者现正居在格登山脚；“伊江”就是伊犁河。此诗当是林则徐快离开哈密时，想起伊犁而作。

汪先生在题画时，大概顾不上查阅资料予以核对。听闻新版《汪曾祺全集》正在编排中，除文章外还收录汪先生的书画作品。我想，收入此画时，针对题画文字，应当加注释予以说明，以免喜欢汪先生的读者以讹传讹。

2015 年 2 月 16 日夜

汪曾祺一生去过很多地方，1993年9月8日在一篇《自序·我的世界》中说：

> 我到过不少地方，到过西藏、新疆、内蒙、湖南、江西、四川、广东、福建，登过泰山，在武夷山和永嘉的楠溪江上坐过竹筏……但我于这些地方都只是一个过客，虽然这些地方的山水人情也曾流入我的思想，毕竟只是过眼烟云。（《汪曾祺全集》第六卷98页，北京师范大学出版社1998年8月）

新疆伊犁也是汪曾祺过眼烟云中的一缕。因为喜读汪先生的文章，自己又恰好生活在伊犁，平时读书时对此就比较关注，发现关于汪曾祺的一些研究中，有关此次新疆之行，提到的不多。笔者就所见资料，试做阐述。

汪曾祺这次到新疆，是和老朋友林斤澜、邓友梅一起。一路上的情况，走得比较辛苦，也不算顺利。

不过汪曾祺在 1982 年 9 月 22 日于兰州开始创作的新疆行散文《天山行色》中对这方面的情况涉及很少。倒是多年后，同行的邓友梅在《再说汪曾祺》中提及此行，才让我们有所了解：

> 我和斤澜都刚恢复工作，《北京文学》一位编辑陪同我们三人去一趟丝绸之路。到了吐鲁番，伊犁，酒泉，敦煌，兰州。因为只靠文化界朋友“友情帮忙”，没有官方的“公事接待”，这一路走得很艰苦。有时因为借不到车，关在旅馆中几天无所事事。有时车借到了司机大老爷却架子很大，拿我们当盲流对付。从乌鲁木齐去伊犁时，那位司机带的私货太多，把汪曾祺塞在大箱小包的缝中，还对他说：“老头，你给好好看着点！”到了伊犁，《伊犁文艺》一位资深编辑陪我们去察布查尔山中访问哈萨克牧区去，那编辑批评了司机几句，第二天早晨回伊犁时司机竟把编辑扔在草原上……尽管受了许多气，吃了许多苦，但因作梦也没敢想今生今世还有机会享受这般自由，仍感到幸福天降，乐在其中！特别是曾祺，再艰苦他也没叫过苦，再受气他也不生气。我有时管不住情绪想发脾气，一见曾祺逃出三界外，不在五行中的超然冷静，马上气散火消。从新疆回来之后，我特地把藏了多年的《坛经》找出来从头读了一遍。（邓友梅《再说汪曾祺》，见《文学自由谈》1997 年第 6 期）

邓友梅文章中提到的“《伊犁文艺》”，应该是伊犁州文联主办的《伊犁河》杂志，至于“资深编辑”，当是杂志主编郭从远。三十多年后，定居海南的郭从远在文章《那一年，那一年……》中也谈到汪曾祺等人的伊犁行：

> 有人说，“文化大革命”摧毁了善，放纵了恶，此话有理。那一年，邓友梅、汪曾祺和林斤澜三位老作家来伊犁采访，我们请他们给伊犁的文学青年们上了一课，十分精彩。后来，我陪他们去尼勒克采风。他们是某部队接待的，还给他们派了一辆吉普车，这给文联减少了很大的负担。可是没想到那位开车的小爷们这么难伺候，别说他军纪不整，就是那副老爷架势倒成了不是他为远道而来的客人们服务，反而是客人们伺候他老人家。从伊宁市出发，到墩麻扎这不长的路程，他的车就抛了好几次锚。常常是车轮胎没气了，他就让我们给车打气。我打也就罢了，他要客人们也打。三位作家年纪都大了，我实在是于心不忍，可又没有办法。你得罪了他，他随便找个理由就可以把我们摆在公路边、荒滩上。我们只好忍气吞声。忍着熬着总算到了尼勒克，到了唐布拉。临近回了，他突然提出要先回伊犁办事让我们在一个小镇上等他。忍无可忍，矛盾爆发。我在和他大干一仗之后，他提出车况有问题，只能载三个客人，无论如何也不能载我了。三个作家跟他说了很

多好话，他都不听。我对三位作家说，我只能坐班车回去了，你们一路上千万要照顾好自己。邓友梅回到内地后在《上海文学》上发表了一个短篇小说《戈壁滩》，就写了这次旅途上的事，写了“文革”对美好人性的摧残。[见《伊犁河》（汉文版）2014年第4期“伊犁州60年大庆专辑”]

郭从远生于1942年，接待汪曾祺一行时正好四十岁。文章中提到的“唐布拉”，就是汪曾祺《天山行色》中写到的“唐巴拉”。他们在尼勒克时，曾和尼勒克县委书记等人有过合影，2013年第1期《伊犁河》（汉文版）封三的“伊犁文学记忆”上发表了这张合影（见彩插），邓友梅、汪曾祺、林斤澜分别坐在前排左一、左二、左四，郭从远站在后排左四。这也是我看到的第二张汪曾祺在伊犁的合影。第一张是汪先生一行在察布查尔时和接待人员的合影，是从察布查尔县老作家谢善智那里看到的。后来我请谢老师写了篇回忆性的短文，随照片一起编发在《伊犁晚报》副刊上了。

汪曾祺一行到伊犁，给当时的伊犁文学界留下了深刻印象。除了谢善智外，伊犁史地专家赖洪波老先生在《又见丁香花开时——伊犁文苑60年的人与事》一文中对汪曾祺伊犁之行也专门作了记录：

1982年夏，北京老作家汪曾祺、邓友梅、林斤澜结伴来伊犁。《伊犁河》编辑部在当年州邮电局小楼会议室召开一个文友座谈会。三位老作家都颇为矜持，说话慢条斯理，一派阅尽人间风景的气派！他们的讲话，当年《伊犁河》第4期以《作家三人谈》刊出。当晚，郭从远主编在绿洲饭店接风，三位长者似乎放松了许多，汪曾祺能饮，对伊犁大曲极为赞赏，连声说："好酒，好酒！"对菜肴"四川豆酱蒸豆腐"一味，啧啧称赞，连连举箸，感慨地说："这种豆腐，还是抗战时在昆明吃过啊！"看得出，汪老是个老牌食货。［见《伊犁河》（汉文版）2014年第4期"伊犁州60年大庆专辑"］

汪曾祺、林斤澜、邓友梅三人的讲座，经记录整理刊发在当年的《伊犁河》第4期（当时为季刊，现在为双月刊）上。汪曾祺的讲座题目是《道是无情却有情》，后收录于《汪曾祺全集》第三卷中。

汪曾祺的新疆行，《汪曾祺全集》附录一《汪曾祺年表》中只字未提，汪曾祺研究专家陆建华撰写的《汪曾祺年谱》（见《文教资料》1997年第4期）中也未提及，但在伊犁文学界的影响，至今还有余音。2009年，我做《伊犁河》杂志创刊三十周年专题，采访过不少本地的老作家，就听许多人提起，尤其他们三人在伊犁的文学讲座，多年后依然为人所津津乐道。

汪曾祺随遇而安惯了，对一切看得比较淡。如果没有邓友梅、郭从远的文章，仅从汪曾祺的文章中是无论如何也看不出来这一路上的“艰苦”。应该说除了这些插曲外，边疆的人文风情给汪曾祺留下了深刻的印象，晚年多次在文章中提及。

前面提到的《天山行色》，在汪曾祺的游记散文中也是独树一帜的名文。除此之外，《手把肉》《手把羊肉》结尾都写到在唐巴拉牧场吃哈萨克手抓羊肉的情景。汪曾祺观察得很细，写得也很细，可见印象之深。顺带说一句，汪先生写的“下面是面，上面是肉”正是哈萨克族传统美食“纳仁”。另外，还有写于 1994 年的《大地》，其中专门一节《祈祷》写的是从乌鲁木齐往返吐鲁番时的见闻。写现代诗不多的汪先生，也创作有《赛里木》《吐鲁番的联想》这样新疆题材的诗歌。

汪曾祺在作文、美食之外，还喜欢“书画自娱”。其子女自费印制的《汪曾祺书画集》我在新疆自是无缘见到，但也曾偶然发现两幅和伊犁有关的美术作品，均见于山东画报出版社出版的《汪曾祺：文与画》中：一幅作于 1992 年，题名《蓼花无穗不垂头》；另一幅作于 1996 年，原画无题。

为了想看看汪老是否还有其他关于伊犁的书画，托请天津《散文》编辑部张森先生代为查阅《汪曾祺书画集》，结果也只有上面提到的两幅。不过单单是这两幅画作，已然可见，即便时隔十来年，汪先生对曾经偶然去过的伊犁还是常常怀念的。至于一路上吃过的苦、受过的委屈，大概忘了吧，或许根本就没放在心上。

2015年2月15、16日

后记：十年读汪

本书中，最早的一篇文章，写于 2011 年。转眼，就是十年前的事了。十年间，一直在读汪曾祺。今后的十年，大概也还会继续读下去。

写那篇文章时，集中看汪曾祺作品才一两年。说是集中看，其实并未成系统，只是逮着什么就看什么。在旧书店，碰到汪曾祺的书，也是要买的。《汪曾祺自述》《草花集》等旧书就是如此买到的。

买的第一本汪曾祺的书是《汪曾祺自述》，看过两遍后开始看山东画报出版社出版的《汪曾祺：文与画》。《汪曾祺：文与画》和其他几本汪曾祺作品集，都是北京的一个朋友寄来的。一堆书中，先看的是《汪曾祺：文与画》，字画都很好，文章当然更好，于是写下了《一弯流水和白云一片》。后来，因为几篇读汪的小文，认识了《汪曾祺：文与画》的责任编辑段春娟老师，并得赠她所编的纪念文集《你好，汪曾祺》。至此一发不可收。一发不可收的是读汪之路，边读边做一点笔记，有时有所感悟，便整理成文。

也是在《汪曾祺：文与画》中，看到了汪曾祺的两幅与伊犁有关的画，后来我又把他的《天山行色》找来看。这是一篇主要写我生活的伊犁的作品。至此，我感觉跟我爱读的作家之间，距离是如此之近。看汪曾祺的几本传记类书籍和年谱，对此行只字未提。我心想，这怎么能行呢，汪曾祺一生，除了国外，伊犁大概是他去得最远的地方了，应该要留下一笔。于是动手写下了《行色匆匆——汪曾祺的伊犁行》。也是因为这篇文章，结识了汪曾祺研究专家徐强老师。前两年，徐老师的《人间送小温——汪曾祺年谱》出版，我研读过几遍。

后来，看书就有了比较，发现北京师范大学出版社出版的《汪曾祺全集》中所收录的《回到现实主义，回到民族传统》一文，不应该像文后备注中说的那样是汪曾祺新疆行时在乌鲁木齐的讲座，于是找 1983 年的《新疆文学》杂志对照，发现果然不是同一篇文章，便写了一篇《汪曾祺的两篇同题文章》，经蒋楚婷老师之手，发表在《文汇读书周报》上。因为几篇习作，又结识了人民文学出版社的刘伟老师，听说刘老师一直在参与编辑新版《汪曾祺全集》，所以就有了我不时的催问。直至前几日，看郭娟老师写的《我们怎么编〈汪曾祺全集〉》，才知新版《汪曾祺全集》编选、出版之艰辛。

在短文《书架上的汪曾祺》文末，我如此写道：“近一两年，有几个出版社都出了很不错的汪曾祺作品集，我都没买，是在等新版的《汪曾祺全集》。”终于等到人民文学出版社《汪曾祺全集》出版，岂料还没来得及出手，鲁迅文学院学习时的同学杨虎已经先行寄赠了一套。秀才人情书一套，值得一记。

阅读汪曾祺之初，是没想过会专门写一本书的。当时，只是看汪曾祺的作品，看写汪曾祺先生的作品，时有所感，时有所记。之后，很长一段时间，因工作要求，需要在单位值夜班，还需要去驻村，一住六七天、十几天不等，于是汪曾祺的书、孙郁等人写的关于汪曾祺的书，就一垒垒放在车上，想看时，随时都能看到。车的后座成了流动的书架，专放和汪曾祺有关的作品。

其间，每有拙作写成，便发给“天下第一汪迷”苏北，请他指正。苏北老师是我的安徽老乡，所以也常厚着脸皮打扰、请教，他也不厌其烦，多有指导。同时，一些文章的写作，还得到了王干、金实秋、王国平等资深汪迷、研究专家的指导和帮助，是应该特别予以说明和感谢的。

2019 年底，也是在驻村时。在住户家的晚上，独处一室，躺坐炕上，便将历年来记下的和汪曾祺先生有关的文字归拢至一处，没想到竟小有可观，便接着编为一册。待小册子编成，已经跨过了一年，试着将书稿发给浙江的夏春锦兄看看，他近年来在研究木心之外，操持读书民刊《梧桐影》的出版，并策划了颇有品位的“蠹鱼文丛”系列，形成了一道闪亮的阅读风景线。春锦兄看过书稿后，说可以将拙作作为“蠹鱼文丛”之一出版。于我，真是莫大的惊喜。

整理完书稿后，想着要是能请汪曾祺先生的大公子汪朗老师赐序就好了，可惜还无缘得识。于是，又厚颜打扰苏北老师，请他将拙稿转给汪朗老师看看。不想，没过几日，苏北老师就转来了汪老师的序。于我，这是更大的惊喜。

读汪之路上，遇到了许多美好的人和事。读汪之路，惊喜不断。

2020 年 5 月 4 日，于新疆伊犁